小説

# 地獄和尚《じごくおしょう》

大川隆法

Ryuho Okawa

小説　地獄和尚　目次

# 小説　地獄和尚《じごくおしょう》

# (一)

ここ銀座も、師走《しわす》ともなると、それなりの賑《にぎわ》いを見せている。「それなりの」と書いたのは、コロナパンデミック（感染《かんせん》）が始まって、もう丸三年になろうとしているからである。

銀座のメイン通りに近い、「ハットリ・ウィストン」本店も、金曜日の夕方とあって、来客が増えている。警備員も少し弛《ゆる》んでいる。警備というより、接客の手伝いをしているのだ。

街角《まちかど》には、深い饅頭笠《まんじゅうがさ》をかぶった坊《ぼう》さんが一人、黒衣《こくい》に身を包んで、右手に錫杖《しゃくじょう》、左手に木のお椀《わん》を持って、お経らしきものを唱えている。近くの

「ハットリ・ウィストン」は、ダイヤモンドと高級時計店の老舗《しにせ》である。クリスマスには、まだ日があるが、早めに、クリスマス・プレゼントを買い求めておかないと、買い忘れてしまうかもしれないと、心配性の客が、十人程度はウロウロしている。店頭に飾ってある高級時計には、「売約済《ばいやくず》み」のフダがたくさん張られている。高級時計とは、一般に、十万円以上の時計を指すが、ここ銀座では、数百万円以上のものが常識である。クラブのママたちは、客が入店した際に、チラッと時計を見る。時計が五百万円以上のものと推定されると、社長族と判定される。売上高上位《うりあげだかじょうい》の娘《こ》が、スーッと客のコートを脱がして、ハンガーにかけ、上級席の方へと案内する。

ここ銀座は、「虚栄《きょえい》とお金」の街《まち》なのだ。

お金の匂《にお》いに引きつけられて、日常から強盗予備軍《ごうとうよびぐん》が、客のふりをして、ウロウロしている。そういう視察要員《しさつよういん》のマークをするのも、警備員の仕事であるが、最近は、ほぼ全ての客が、顔の半分をマスクでおおっているので、人相《にんそう》が分かりづらくなっている。手の洗浄《せんじょう》でワン・クッションあるものの、帽子、マフラー、眼鏡《めがね》などされると、ほぼどういう筋の人かは判りかねる。

この日も、カップルを装《よそお》った客が、二組入《ふたくみはい》って来た。女たちは、フォックスやミンクのコートを着ている。手くびには、目につくような、金や銀のブレスレットをしている。

男の一人が、コートのポケットに手を突っ込むと、直径五センチメートルぐらいの丸い玉を床に「ボン」と投げた。店内に白い煙が立ち昇った。この男は一八〇センチメートルぐらいはある。

もう一人の一七五センチメートルぐらいの男が、ススッとダイヤモンドを中心とする指輪やネックレスのコーナーに近づくと、灰色のコートのポケットからトンカチを取り出した。彼は両手にレザーの手袋をしている。男はトンカチを振り上げると、ショーケースの上面のガラスを二つたたき割った。

店員の田島《たじま》さゆりが、「キャーッ」と声を上げた。

トンカチ男は、ザザーッと一億数千万円ぐらいの宝飾品を黒い布の袋に放り込むと、いつの間にかミンクのコートの化粧《けしょう》の濃い女に手渡した。女はコートの内側にそれを隠した。紺の制服を着て、お巡《まわ》りさん似の帽子を着た警備員が、けむりをかき分けながら、近づいて来た。

一八〇センチ男が、コートの内側から、刃渡り二十センチの包丁《ほうちょう》を取り出すと、最初の警備員の脇腹をグサッと刺した。警備員が、あお向けに倒れると、店内にギャーッというご婦人方の悲鳴《ひめい》が上がった。

もう一人の警備員が、取り押えようとすると、背後から、トンカチ男のトンカチが、横なぐりに後頭部を強打した。

警備員は、二人とも、床《ゆか》に倒れて、血を流した。男性マネージャーが、「お客様、早くお逃げ下さい。」と誘導している。二発目の煙玉が床で炸裂《さくれつ》し、犯人たちも店から外に逃走した。

警察はまだ間に合わない。

男女四人組の強盗団の前に立ちはだかったのは、饅頭笠《まんじゅうがさ》をかぶった、中肉中背の例の坊さんである。

「あいや、待たれよ。」

と錫杖《しゃくじょう》をジャランと鳴らして、行く手を防いだ。

一八〇センチ男が、

「クソ坊主、邪魔立てするのか。命が惜しければスッ込んでろ。」と叫んだ。

坊主の饅頭笠の正面には、「諸行無常《しょぎょうむじょう》」と書いてある。後ろ側には、「諸法《しょほう》無我《むが》」、そして、肩からかけてある、紫の半袈裟《はんけさ》には、「涅槃寂静《ねはんじゃくじょう》」の文字が見える。

包丁男と、トンカチ男が同時に坊主に襲いかかった。

「たわけ者め。わしを『地獄和尚《じごくおしょう》』と知らんと見える。」

和尚が、もう一度、錫杖を、石畳《いしだたみ》にトンと突くと、火柱が、吹き上げた。

火柱は、三メートルの高さにも達した。磁石《じしゃく》で吸い寄せられるように、男女四人が、背中合わせにくっつくと、火柱が四人を囲んだ。

店員が追いかけて来たが、あっという間に、四人は黒い灰の固まりとなった。

「ダイヤモンドは？」と女子店員の一人が叫んだ。和尚が錫杖で上をさし示すと、外灯の一つに、宝飾品の入った布袋が、ぶら下がっていた。

しばらくして、パトカーがやって来たが、四人がトカゲの黒焼きのようになって、死んでいるのを見て、警官はお手上げ状態となった。

「とりあえず、『阿鼻叫喚地獄《あびきょうかんじごく》』に送った。」

という声が響いて来たが、「地獄和尚」の姿はもうどこにもなかった。

「ハットリ・ウィストン」本店は、宝飾品が無事であったことを確認したが、あまりにも不可思議な光景《こうけい》には、説明する言葉《ことば》もなかった。

一連の怪奇《かいき》事件が銀座から始まった。

四人の強盗団は、地獄の鬼たちに、鉄棒をくらって、それこそ、「ギャーッ」と叫び続けた。彼らは、まだ、自分たちが、肉体なのか、霊体《れいたい》なのかの区別すらついてなかった。

## （二）

麻布西《あざぶにし》小学校の六年生、田宮由美《たみやゆみ》は、わが家に異変《いへん》が起きていることに気づいていた。ランドセルを背負ったまま、学校の友だちに気づかれずに、自分に解決できることはないか考えた。

小さな公園の前を通りすぎようとした時、旅の僧侶《そうりょ》風の人に呼びとめられた。お坊《ぼう》さんだから悪い人ではなさそうだし、人生相談してもお金は取られないだろうと思った。

僧「そう、お金はいらないよ。困ったことがあったら拙僧《せっそう》に相談して下さいよ、お嬢ちゃん。」

由美「そこの公園のベンチでもいい？」
僧「塾に通えなくなって、もう三ヶ月ぐらいかな。」
由美「よく知ってるわね。みんな中学受験するっていうので、小学四年生から広尾《ひろお》の塾に通っていたんだけど、お父さんのお店が年内で店じまいなの。三十年頑張ったのに力尽《ちからつ》きたんだって。」
僧「麻布十番《あざぶじゅうばん》の団子屋《だんごや》さんだろ。拙僧もお布施《ふせ》で、みたらし団子一串《ひとくし》と、つぶあんの団子一串、頂戴《ちょうだい》したことがある。結構《けっこう》、おいしかったな。」
由美「コロナで客足《きゃくあし》が落ちて、コロナ融資《ゆうし》を受けたんだけど、返せなくなったらしいの。毎月十万円の赤字が出るんで、もう家賃も払えないんだって。」

僧「お嬢ちゃん、どこに行きたかったの。」
由美「東海英和《とうかいえいわ》。」
僧「近くのお嬢さん学校だね。」
由美「公立中・高に行くことになったの。」
僧「そうか、そうか。お兄ちゃんもいたね。」
由美「私立《しりつ》・西麻布《にしあざぶ》中学に通っていたけど、学校をやめて、今は都立・戸山《とやま》田《だ》高校に通っている。」
僧「お兄ちゃんも秀才だったんだね。」
由美「お姉ちゃんも短大に通っていたけど、最近行ってないみたいで、やたら化粧《けしょう》が濃《こ》くなったの。」

僧「何か悪い仕事をしてるんじゃないかって疑《うたが》っているんだね。」
由美「お坊さん、頭の編笠《あみがさ》に書いてある漢字《かんじ》何て読むの。」
僧「これは『諸行無常《しょぎょうむじょう》』って言ってね、この世の中は常に変化《へんか》・変転《へんてん》していくということさ。同じ状態《じょうたい》でいるものは何もないのさ。お店は繁盛《はんじょう》することもあれば、倒産することもある。元気だった人が、突然病気にかかることもある。お釈迦様《しゃかさま》っていう、二千五百年前のインドの偉い宗教家の教えだよ。」
由美「知ってる、知ってる。お釈迦様は助けてくれるかな。」
僧「うん。きっとな。お父ちゃんが癌《がん》で、お姉ちゃんは、渋谷辺で、悪い連中と仲間になっている。ワシもお釈迦様の弟子じゃから、何とかするよ。」

由美「何とかって。」

僧「そのうち分かるさ。『捨《す》てる神あれば、拾《ひろ》う神あり』って言ってな。信《しん》心《じん》が大事じゃぞ。」

渋谷のセンター街《がい》にほど近い雑居《ざっきょ》ビルの階段を、饅頭笠《まんじゅうがさ》の僧が上《のぼ》っていく。ドアを開けると、ヤクザ風のチンピラが四人いた。たぶん買春《かいしゅん》をさせたり、不正薬物《ふせいやくぶつ》を売りさばいているのだろう。

僧「ちとものを訊《たず》ねるが、田宮省子《たみやしょうこ》ちゃんという短大生は知らんかのう。」

チンピラA「ここはオッサンの来るところじゃねえ。」

といって、ジャック・ナイフを開いた。

僧「わしは、知らんかのう？　と聞いておる。」

チンピラB「これが返事だ。」

と鉄バットが和尚に振《ふ》り下《お》ろされた。

和尚は、錫杖《しゃくじょう》で受け止めた。

次の瞬間、金属バットが、まっ赤に焼けたようになって、ドロドロに溶《と》け始めた。彼らは一瞬ひるんだ。

チンピラC「オッサン、これならどうだ。」

ポケットから取り出したピストルで銃弾《じゅうだん》が二発発射された。和尚は饅頭笠をクルッと回転させると、銃弾は二発とも、跳《は》ね返《かえ》されて、窓ガラスに穴を開けた。

チンピラD「どうせ、モグリの警官だろう。腕の一本でも置いて行ってもらおうか。」

この男は、日本刀を抜いた。

和尚《おしょう》が錫杖でなぎ払うと、刀身の先、三分の一がオレンジ色になって、ポロッと落ちた。

「ふざけやがって。」と四人が同時に坊さんに襲いかかった。

しかし合気道で投げられたかのように、四人とも、吹っとばされた。

僧「わしは御仏《みほとけ》の使いじゃ。無駄《むだ》なことはせぬがよい。田宮省子ちゃんを出しなさい。」

一人が携帯《けいたい》で、あわてて連絡した。ボスが相手らしい。

ボス「ポリ公なら、絶対に逃がすな。」

ボスは上の階にいるらしい。

チンピラ四人を尻目《しりめ》に、和尚は上の階に上がった。幹部らしいのが、四、五人、黒や、縦縞《たてじま》のダブルのスーツを着て、たむろしている。

ボスは、「省子ちゃんてこの子か。」とピンクのワンピースを着た十八、九歳の子をヒザの上に乗せた。

副長らしき男が、契約書らしきものを突き出した。

「親父の承認のもと、ウチの店で働いてるんだ。三百万円返してもらわないといかんしね。癌《がん》じゃや、ほかに方法もなかろう。」

和尚「人の弱みにつけ込んで悪事をする奴は、御仏が赦《ゆる》さんでな。」

和尚が錫杖をジャランと鳴らすと、副長の持っていた契約書が突然燃え上がった。
組長「もしや、あんたがうわさに聞く『地獄和尚』か。」
和尚「人はわしをそう呼ぶことも多い。」
組長「そうすると、この娘を返さんと、わしらはどうなるんだ。」
和尚「もちろん地獄往《ゆ》きじゃ。」
組長・副長「ヒェーッ。今日のところは、ごかんべんを。心を入れかえます。」
和尚「次は、黒こげ死体だからな。」
省子の手をとると和尚は連れ出した。
和尚「お父さんの病気治し費用と、お店のたて直しのお金は何とか工面《くめん》する。

まともなアルバイトに戻りなさい。学校にも帰りなさい。」

地獄和尚は、空中から、金ののべ棒を二本取り出した。一本はヤクザにくれてやった。

もう一本は、田宮家の救済にあてるつもりだ。

和尚「由美ちゃんが待ってるよ。立ち直りなさい。」

ヤクザ連中は、相手が悪すぎると、今回は手を引いた。和尚は、麻布の家まで、省子ちゃんを連れて帰った。

（三）

目黒川《めぐろがわ》にかかっている橋の中央に、作業着を着た男が佇《たたず》んでいる。桜並木には、葉っぱ一つなく、夜風が身に沁《し》みてくる。もう少しで、男は欄干《らんかん》を乗り越えて、川に飛び込みそうである。

僧「あいや、待たれよ。」

男「もう、生きていく自信がないんだ。」

僧「この川は水深が、二〜三十センチメートルしかないでな。飛び込んでも、骨折《こっせつ》と打撲《だぼく》をするだけで、うまく死ねる可能性は10％もない。悩みがあったら、拙僧が聞いて進ぜよう。」

男「眼鏡屋《めがねや》をやってきたが、倒産です。中国製の安いヤツにやられて、もうやっていけない。」
僧「諸行無常《しょぎょうむじょう》じゃ。商売がえする人も多い。」
男「もう私は七十歳です。新しい仕事もできない。」
僧「お子さんたちはどうなってる。」
男「娘がシングル・マザーで子育てしていたんだ。しかし、先日、中2の孫――陸上をやっている元気な男の子だったんだが――二回目のコロナワクチンの予防接種したら、三時間後にお風呂の中で死んでいたんだ。ワクチン接種以外の原因は何も考えられない。医者、病院、厚生労働省、どこにクレームを言っても、『バカバカしい』と言って聞いてくれないんだ。今の内閣は、何も聞く耳を持っていないんだ。日本ももう終わりだ。」
僧「お孫さんは一人ですか。」
男「そうだ。娘は、病気で寝こんで、コンビニのパートもクビになった。」
僧「確かに、ワクチン死の報道に圧力がかかって、めったになされないと聞いたことがある。」
男「それだけじゃない。国民百%にコロナワクチンを打って、集団免疫《めんえき》をつくろうとか言っているが、実際は医者や役人は20%ぐらいしか打っていないらしい。どうもおかしい。『副作用』を『副反応』と言いかえたり、死亡への因果関係《いんがかんけい》を否定したり、国はわしらを豚のようにしか思っておらぬのではないかな。ワクチン予算を消化しているだけで、『ワクチン全体主義』だ。アメリカのヤバイデン大統領も、四回ワクチンを打って、三回感染したと言っている。これはワクチンで外貨《がいか》を稼《かせ》ぐ詐欺《さぎ》じゃないのか。感染しても、『ワクチンのおかげで軽くてすんだ。』とか、『ブレークスルー感染』とかNHKでは言っている。ワクチンをすりぬけてコロナが感染したと言っているが、変異株《へんいかぶ》には、単にワクチンが効かないだけなんじゃないか。」

僧「国民を単に人体実験に使っているだけなら、ワシも許せん。よし、いっちょ、調べてみるから、自殺は思いとどまってくれ。ワシが厚労省にのり込んでみる。」

僧は、そう言うと、饅頭笠《まんじゅうがさ》と白足袋《しろたび》、錫杖《しゃくじょう》を持った姿で、タクシーの天井にヒョイッと乗り、立ったまま霞ヶ関《かすみがせき》に向かった。

官庁街が見えて来たので、和尚は、また、ヒョイッと車の天井から飛びおりた。

和尚「厚労省はこの辺じゃったかな。」

警備員が和尚を止めようとしたが、体が硬直したままで動かなくなった。

中年の女性に会ったので、厚労大臣か、ワクチン担当相《たんとうしょう》に会うにはどうしたらよいのか聞いた。彼女は親切にエレベーターで案内してくれた。二人の大臣と次官、局長らが会議をしているところだそうだ。

中年女性「何とお立場をご紹介したらよろしいですか。」

和尚「日本宗教界の最高顧問とでも言うてくれ。」

中年女性「それで通じない場合は。」
和尚「地獄和尚と伝えてくれ。君は課長か。スマホで撮影《さつえい》して、これから起きることをテレビ局に流してくれ。」
中年女性「警察が来たらどうしますか。」
和尚「警察庁長官も警《けい》視《し》総監《そうかん》も、ワシの弟子じゃ。」
中年女性「かしこまりました。ここでエレベーターを降りて下さい。二つ向こうの大会議室です。」
ドアがノックされて、和尚が入室した。
何人かが「地獄和尚だ。」と言って顔を見合わせている。
和尚「大臣はどこかな。」

突然の僧侶の登場に驚きながらも、柳《やなぎ》ワクチン相《しょう》と、山上《やまがみ》厚労大臣が、立ったままであいさつした。
和尚「君たちは、ワクチン関連死の情報を隠しているというのは本当か。」
ワクチン相「そんな話は聞いたこともございません。」
和尚「そうか。」
といって、錫杖を柳大臣に向けた。柳大臣は突然、炎につつまれて、炭の彫像となった。この様子は、さきほどの、佐竹課長がスマホで撮っている。
和尚「ワシの錫杖と大臣との距離は十メートルある。科学的には何の因果関係もない。さて、次に山上厚労大臣、役人や医者はワクチン注射を二〇%しか打っていないのは本当か。」

山上大臣「めっそうもございません。総理が打っているぐらいですから、私たちも打ったという証明書はもらっています。」

和尚「公文書偽造《こうぶんしょぎぞう》か。お前さんも、あの世で反省しろ。」

今度は、何もしないのに、天井の電灯がバチバチッと鳴って、山上厚労大臣は、トカゲの黒焼きのようになって、まわりに少し白い煙が立った。

和尚「厚労次官、ワクチン死の因果関係を発表しなさい。さもなくば、一週間後に、君がトカゲの黒焼きになる。」

官僚たちは、「助けてくれ」と逃げまどった。

和尚は、女性を振り返って、「撮れたかな。」と聞いた。

佐竹課長「テレビ局と、ネットに配信します。私もワクチン死の遺族のことで心労していたのです。先生のことはどうお伝えしたらいいんでしょうか。」

和尚「神仏の使いとでも伝えておけ。じゃ失礼。」

和尚は、クルッと一回転するとその姿は会議室から消えた。テレポーテーションである。

残された官僚から「地獄和尚だ。」という声がたくさん上がった。

この世の人かどうかさえ判らない。大臣二人は、謎の心臓発作と公式に発表されたが、動画は、あちこちに配信されて、国民は真相を知っていた。スポーツ紙は、一面にでかでかとこの事件を書き立てた。

どこからともなく、二人の大臣が、「黒縄地獄《こくじょう》」に堕《お》ちて、鬼たちに切り刻まれている、といううわさが立った。

## （四）

六本木ヒルズ近くの路上で、二十代の女がライブで歌を歌っている。足元には、円形のクッキーの空きカンのようなものを開けて、坊さんさながらに、お布施（？）をつのっている。

頭には、赤い羽根をつけた、シルクハットをかぶり、長い金髪の髪には、ピンクや青色に染まった部分もある。顔は厚化粧《あつげしょう》、強いオレンジ色の口紅《くちべに》、皮ジャンに、短めの黒の皮のタイトスカートをはいている。足も黒のブーツだ。

和尚が聞いていると、ギターを弾《ひ》きながら歌っている歌詞は次のようなものだった。

「糞《くそ》ったれ坊主《ぼうず》、死《し》にやがれ。
女《おんな》が生《い》きて行《い》くためにゃー、
男《おとこ》をくわえ込《こ》むしかないんだよ。
穴《あな》という穴《あな》、全部《ぜんぶ》開《ひら》き、
男《おとこ》を騙《だま》すしかないんだよ。

お釈迦様《しゃかさま》は間違《まちが》った。
女《おんな》を差別《さべつ》し、

九《ここの》つの穴《あな》という穴《あな》から
臭《くさ》い液汁《えきじゅう》が流《なが》れ出《だ》し、
女《おんな》の魅力《みりょく》は幻想《げんそう》だと、
言《い》いやがった。

ホラホラ、お釈迦様《しゃかさま》、
アッシのバストは九十二《きゅうじゅうに》センチ、
ブラブラ左右《さゆう》に揺《ゆ》れているよ。
このオッパイで落《お》とせない男《おとこ》なんて、
この世《よ》にいてたまるかい。

ウチの父《とお》ちゃんだって、
オフロの隙間《すきま》からのぞいてる。
それが男《おとこ》っていうもんだ。
男《おとこ》を食《く》ったぜ、百人《ひゃくにん》、千人《せんにん》。
ロシア人《じん》は良《よ》かったぜ。
アメリカ人《じん》も良《よ》かったぜ。
でもやっぱり一番《いちばん》は、
アラブの大富豪《だいふごう》。
マンション一棟《いっとう》買《か》ってやるって、
約束《やくそく》してくれたぜ。

ああ～貧乏《びんぼう》日本《にほん》のサラリーマン
日本《にほん》の娘《むすめ》はもうすぐ、
性《せい》の奴隷商品《どれいしょうひん》になるのさ。
人的貢献《じんてきこうけん》が大切《たいせつ》だ。
次《つぎ》は、ウクライナへ行《い》って、
兵士《へいし》を千人《せんにん》慰《なぐさ》めてやるさ～

」

ここまで歌を聞いて、和尚が人垣《ひとがき》をかきわけておどり出た。

「あいや、待たれよ。そこの女人《にょにん》。」

女は「ヘン」とした口を突き出した。

「なんだ糞坊主《くそぼうず》。名誉毀損《めいよきそん》か。それとも、お釈迦様《しゃかさま》をバカにしたって怒《おこ》っているのか。」

和尚「何があったかは知らんが、ちょっと過激すぎはしまいかのお。」

女「体も資本のうちだ。資本主義の世の中では、使ったってあたり前だ。」

和尚「そんなに自暴自棄《じぼうじき》では、ご両親にもすまんと思わんか。」

女「オヤジなんか、週に三回は夜遊びしてる。アッシの友だちまで金で買いやがった。オヤジが夜遊びして金を入れないんで、ウチの糞《くそ》ババア、母ちゃんのことだよ、も、愛人業《あいじんぎょう》やってるよ。」
和尚「だからって、お釈迦様のせいではなかろう。お釈迦様は、心正しく生きよ、といつも教えとった。」
女「何言ってやんだい。ウチは信仰心が篤《あつ》くてな。父ちゃんも、母ちゃんも、『南無阿弥陀仏《なむあみだぶつ》』ってお念仏《ねんぶつ》さえ唱《とな》えれば、全《すべ》ての罪業《ざいごう》から救われるって、開き直ってるんだ。だから娘のアッシが、男の百人斬《ぎ》り、千人斬りしたって、何も悪くはねえ。坊さん、『拙僧《せっそう》は、拙速《せっそく》なので、五秒だけタダでやらしてくれんか』っていうんなら、タダでもいいよ。でも梅毒《ばいどく》が移るかもね。病院には検査に行ってないが、もう百人ぐらいには移したかもね。」
和尚「阿弥陀経《あみだきょう》は、お釈迦様の慈悲の深さを説いたもんじゃが、おそらく、罪業の深さから逃《のが》れたくて、偽経《ぎきょう》を書いた者がおるんじゃろう。お釈迦様の教えは、あくまでも、男女の道を正しくせよ、という教えじゃ。」

聴衆は二、三十人に増えている。この路上ライブの若い女性と、和尚の論争を聞いている。

若い女は、寒空の下、突然、ジャンパーを脱ぎ、セーターを脱ぎ、ピンクのブラジャー一つの上半身になった。

女「こらっ、糞坊主《くそぼうず》、ヤリたいのか、ヤリたくないのか、早く決めろ。恥《は》ずかしかったら、後ろのホテルの部屋を予約しろ。ウチの親父でも、娘のボインを見たら必ず発情《はつじょう》するんだからな。」

和尚「ワシは、地獄和尚と言ってな。この世で悪いことをやっているヤツを罰するんが仕事なんじゃ。お前さんの境遇《きょうぐう》には同情の余地はあるが、お釈迦様を侮辱《ぶじょく》した罪だけは赦《ゆる》せん。お前の父さん、母さんは、血の池地獄《じごく》に往《ゆ》き、次に畜生道《ちくしょうどう》に追い立てられるだろう。

お前の悪事も見逃せん。仏罰《ぶつばつ》を与えるから、反省せよ。」

和尚はこう言うと、錫杖を「シャン、シャン、シャン」と三回鳴らした。

突然、六本木ヒルズの広場から、鹿《しか》が六頭湧《わ》いて出た。

奈良公園の鹿によく似ている。

和尚「さあ、『鹿のフン地獄』じゃ。」

六頭の鹿は、交互に、女ミュージシャンの上をジャンプし始めた。彼女の頭の上を飛ぶ時、各自鹿のフンを落とした。

まるでクリスマスの前夜祭のようで、観光客は拍手《はくしゅ》しはじめた。

女は、ハットから、金髪、ブラジャー、ギターと、フンだらけになって、ついに、フンの山に埋まって頭だけが出ている状態になった。

和尚「反省せよ。次は本当に血の池地獄だからな。」

女「私は美雪《みゆき》っていうんだよ。白い肌が売り物なのよ。このフンの山どうにかしてよ。それにしても臭《くさ》いわ。」

ホテルが消防車を呼んで、彼女のフンを洗い流したのは、十五分後だった。

地獄和尚の姿は、もうどこにも見えなかった。

（五）

地獄和尚は、和風の茶店《さてん》で少し休んでいた。「やらと」という老舗《しにせ》は、和尚にとって、くつろぐ場所だ。和尚は、羊かんに、ほうじ茶を頼んで、少し足を休めていた。

お隣りの奥様方二人の話し声が聞こえてくる。

中村「とにかくすごい霊能者なのよ。」

谷川「その韓国人《かんこくじん》の巫女《みこ》さんてそんなにすごいの。」

中村「息子の正太郎《しょうたろう》の友だちのお母さんの吉井《よしい》さんていう人がいるのよ。そのご家族にご不幸が連続するので、これはおかしいと思って、知りあいのってで、金女史《キムじょし》を頼んだのよ。韓国No.1の霊能者で巫女さんていうので、ものは試しで、吉井さん宅にきてもらったわけ。するとね、玄関に入《はい》るなり、『交通事故で死亡した人が一名、車椅子《くるまいす》になった人が一名、自殺者一名、行方不明《ゆくえふめい》一名』って、何の事前情報もなしで当てたそうよ。」

谷川「それはすごいわね。で、どうしたの。」

中村「金女史は、『パク・イルドー』という韓国の有名な悪魔が、とうとう日本に上陸したというのよ。このパク・イルドーという悪魔は、韓国では知らない人がいない有名な悪霊《あくりょう》で、連続テレビドラマでも実写化されたらしいのよ。」

谷川「どんな悪魔なの。」

中村「実際の事件で十数人の連続殺人を起こしたヤツで、次から次へと人を渡り歩く、つまり憑依《ひょうい》していくっていうのよ。」

谷川「ちょっと聞いたことはあるわ。道教《どうきょう》と韓国の土着宗教がまじった信仰でしょう。」

中村「海岸の村で、村祭りをやっていたところ、パク・イルドーがシャーマンに降りたらしいの。取り憑《つ》かれた人は夜の海の中に入《はい》って、右眼をナイフで刺して死ぬのよ。そして次の人に取り憑くの。」

谷川「それって恐いわね。正体が見えないものね。次の殺人があって、宿主《しゅくしゅ》が変わったって分かるのね。」

中村「そうそう。金女史《キムじょし》が言うには、吉井家にパク・イルドーが入っていると言うのよ。息子さんが去年から韓国芸能界にこっていて、連れて帰ったらしいの。」

和尚「あいや、待たれよ。お隣りで話がついつい聞こえてしまってな。拙僧《せっそう》も、ほぼ同業《どうぎょう》なので、黙っておれんかったのじゃ。ワシも霊視《れいし》やお祓《はら》いはできるので、一枚かませてもらえんかのお。その韓国人霊能者や、悪魔が本物か、確かめてみたいんじゃ。」

中村「何宗のお坊さんですか。」

和尚「まあ、修験者《しゅげんじゃ》に毛が生えたようなもんじゃよ。ワシはお金は一円ももらうつもりはない。ただ、金女史が詐欺師《さぎし》かどうか少し引っかかるのでのお。」

谷川「私も韓国のシャーマンが本物かどうか、少し心配はしていたの。先方に失礼のない範囲で、ご一緒《いっしょ》させてもらってはどうですか。」

三者の意見がまとまったので、タクシーで五反田《ごたんだ》の吉井さん宅に行くことになった。

オバサマたちは、実は、日韓の霊能者対決に少し興味があったのだ。

吉井さん宅前で三人はタクシーを降りた。結構な高級住宅街である。吉井さん宅も、時価数億はするだろう。

中村がピンポーンとインターホンを押した。中村、谷川と吉井の奥さんは、塾ママ仲間である。門と玄関はすぐに開かれた。

吉井夫人は、墨染《すみぞ》めの法衣《ほうい》を着た僧侶に驚いたらしいが、元来、宗教大好きなので、すぐに応接間に通してくれた。
吉井「日本の霊能者の方だとのことで。」
和尚「韓国No.1のシャーマンの力を少々勉強したくてな。」
吉井「それじゃ、日韓の霊能者の意見が一致すれば偶然じゃないわね。この家に何か悪い霊気《れいき》は感じますか。」
和尚「交通事故で亡くなったのはあなたの伯父《おじ》さん。経理部の残業の帰りに、酔っぱらい運転にやられた。車椅子の方は、ご主人のお父さん。心臓だな。塩分を摂《と》りすぎたな。自殺者は、ご家族ではない。高三のご長男の家庭教師をしていた、慶大《けいだい》の女子学生だな。成績が上がらないだけでなく、男女の一線を越えたため彼女は自殺した。行方不明者というのは、その長男さ。

今ごろ、韓国で女性歌手や、女優のお尻を追いかけているよ。この人の学力では、東大や早慶は無理だったんじゃよ。」

中村「まあ、すごい。吉井さん当っている。」

吉井「恥ずかしい話ですが、その通りですね。」

谷川「じゃあ金女史《キムじょし》のお祓《はら》いっていうのは。」

和尚「おそらく詐欺師《さぎし》が背後にいるだろう。」

吉井「目的は何ですか。」

和尚「この家じゃよ。霊障物件《れいしょうぶっけん》にして格安で手に入れようとしているのさ。」

中村「じゃあ、どうしたらいいんでしょう。」

和尚「ワシとその金女史とやらを公開の場で会わせてくれんかな。通訳の男性が、詐欺師の手下だよ。」

吉井「まあ、ひどい。こんなに不幸が続いた家を乗っ取ろうとしてるだなんて。」

和尚「だいたい、『パク・イルドー』なんて、ドラマ上の架空《かくう》の存在で、本当には実在していない。あんた方《がた》、上流階級の人たちは、自己責任を取るのが嫌いじゃから、他人《ひと》のせい、環境《かんきょう》のせいにしやすい。そこが詐欺師のねらい目なんじゃや。」

吉井「じゃあ、不成仏霊《ふじょうぶつれい》のたたりはないんでしょうか。また、悪魔に狙《ねら》われてはいないんでしょうか。」

和尚「不成仏霊は少しいるが、ワシで十分に対処できるし、肉体を持った悪魔が近づいて来ているというべきかな。」

和尚はぐるっと応接間を見回した。

和尚「ワシの来るのがもう少し遅かったら、お前さんは、この家を手離す寸前だったことだろう。長男は出来が悪いので、下の子に期待しなさい。その韓国霊能者は、明日来るはずじゃ。この家には入れず、近くの池田山公《いけだやまこう》園《えん》に、午後二時に呼び出してくれ。ワシと、こちらのご友人二人に立ち会ってもらおう。」

翌日、和尚は韓国№1と称する霊能者と会うことになった。

## （六）

さて、翌日、吉井夫人は、金女史《キムじょし》と通訳兼マネージャーの在日三世の山田という三十代の男と、四十代の不動産屋・財前《ざいぜん》とを連れて来た。

二、三分遅れて、地獄和尚が谷川夫人、中村夫人を立ち会い人として連れて、池田山公園《いけだやまこうえん》にやってきた。

まず吉井夫人から、金女史が韓国№1の霊能者として紹介された。

次に谷川夫人から、地獄和尚が、超能力者の坊さんとして紹介された。

金女史と地獄和尚は、二、三歩前に歩み出たが両者とも握手《あくしゅ》はしようとしなかった。

金女史の言葉を通訳が日本語で語る。

「私は韓国のテレビでも有名で、取材《しゅざい》が殺到《さっとう》しているのよ。アンタは何のために来たの。」

和尚「たまたま、谷川さんや、中村さん、吉井さんとお茶友だちでな。韓国の女性シャーマンがおいでになるというので、一手《いって》、ご指南《しなん》を受けようと思ってな。」

金「私の霊能力に驚いたでしょう。吉井さん宅はパク・イルドーに呪《のろ》われているので、早く手放した方がいいのよ。そうでないと吉井さん自身も、一週間以内に、右眼にナイフを突き刺して死ぬことになるわ。呪いよ、呪い。今日は不動産屋まで親切に連れて来たのに、こんな吹きっさらしの公園だなんて、あんた何をたくらんでるの。」
和尚「あいや、待たれよ。ワシは何もたくらんでおらんし、吉井さんとも利《り》害関係《がいかんけい》はない。あえていえば、ちょっとしたご縁《えん》じゃよ。」
金「それで私の霊能力にケチをつけるつもり。」
和尚「ケチをつけるつもりはないが、吉井さんを詐欺《さぎ》から護《まも》りたくてな。あんたは、あの時価七億円の豪邸《ごうてい》を、霊障物件《れいしょうぶっけん》にして、三億円で買いたたいて、四億円もうけるつもりじゃろう。」
金「私の言葉は、神の言葉と同じよ。私は韓国№1の神なのよ。あんたのような、薄汚《うすよご》れた坊主に何が分かるのよ。」
和尚「薄汚れていて悪かったのお。今日、事《こと》が終わったら、ご夫人方が、五《ご》反田温泉《たんだ》に連れていってくれるっていうので、楽しみじゃ。四億円よりは安かろうよ。千円もあれば十分じゃ。」
金「フフフッ。あんたの正体は分かったわ。日本の「謗法師《ほうぼうし》」ね。つまり、呪い師よ。約百年前に、日本から韓国にも入《はい》ってきたわ。私も韓国の最高神として、日本流の「謗法師」の呪いを撃退する呪い師として、財閥のお偉《えら》い方から引く手あまたなのよ。」
和尚「あんたには、ワシが何に視《み》えるかな。」
金「日本の犬神《いぬがみ》が憑《つ》いているわ。」
和尚「ホホーッ。犬神とな。それであんたに憑いてる狐たちが、さっきから騒《さわ》がしいのか。ホラ、狐が九匹も出て来たぞ。」

ご婦人方は、「まあ！」という顔をして、お互いに視線をかわした。通訳と、不動産屋は小きざみに足をふるわせている。

金「あんたなんか、私の神の化身の手下で十分よ。」

ご婦人方は大きく距離をとった。

九匹の狐が実体化して、和尚に襲いかかった。和尚は「ニタッ」と笑うと、饅頭笠《まんじゅうがさ》を回転させながら空に飛ばした。笠が、キツネの尻尾《しっぽ》に触れると、次々と尻尾に火がついて燃え上がった。あちこちから「キュイン、キュイン」という鳴き声が上がった。

和尚「神の使いの力はこんなもんかのう。稲荷大明神《いなりだいみょうじん》に命ずる。キツネどもを焦熱地獄《しょうねつじごく》に連れていって、反省させよ。」

金「クソーッ。それなら、お前自身をパク・イルドーに襲《おそ》わせてやる。」

金女史は、竹の釣《つ》り竿《ざお》の先のようなものに、白い短冊《たんざく》がぶらさがったものを、霊能者風に振り回して、「パク・イルドー、パク・イルドー」と叫び始めた。

通訳「ここでやめないと、お坊さんの体がバラバラになって、血まみれになりますよ。」

和尚「さあ、どうかな。」

和尚は錫杖《しゃくじょう》で空中を十文字《じゅうもんじ》斬《ざ》りした。すると、金女史の首が「ガキッ」と左に曲がって、次は体がヨガのようによじれた。次は、右足と左足がコブラツイスト風にねじれたかと思うと、尻もちをついた。両足のハイヒールが頭の上に突き出して、あまりにみっともない姿に、不動産屋が飛び出して、大地に両手をついて、平あやまりをした。
不動産屋「地獄和尚とお見受けします。どうかわれらの罪をお赦し下さい。詐欺をしようとした罪は認めます。どうか命ばかりはお助け下さい。」
和尚「よし、お前は助けてやろう。だが、こちらの二人は救いがたい。地獄に往ってから、これから体験することじゃが、お前たちにも勉強させてやろう。」
和尚がそう言って、錫杖でトンと一回大地を突くと、直径三メートルの大《おお》釜《がま》が現われた。中は五百度以上に熱された油だ。地獄の青鬼二匹が出て来て、金女史と通訳を大釜にぶち込むと、釜の下に、さらに、石炭を投げ込んだ。

「助けて～。」

「助けてくれ。」

という声が響いた。

和尚「地獄界へ往《ゆ》くがよい。」

二人は、釜ごと、地獄にテレポーテーションした。女三人たちは、お互いに顔を見合わせながら、

「この方が、あの有名な地獄和尚だったの。」

と言い合った。

和尚は「ガッハッハ」と笑いながら、池田山の坂を降りて行った。

「五反田温泉で、ワシも、一週間ぶりに垢《あか》を流すとするかい。」

不動産屋が「命を助けて頂いて有難《ありがと》うございました。和尚さんは、二人あの世送りしても、殺人罪にならないのでしょうか。」と聞いた。

和尚は「人間界の寿命《じゅみょう》を決め、どの地獄に送るかを決めるのは、ワシの権限《けん》《げん》なのじゃよ。それで『地獄和尚』と呼ばれておる。」

「ところで、変な奉仕《ほうし》をしない、まともな温泉が五反田にあるのかのお。」

不動産屋「それは、私がご案内しましょう。」

釜ゆでの後には、自分も風呂につかるのが、地獄和尚の楽しみでもあったのだ。

# （七）

月刊『政界嘘話《せいかいうそばなし》』の鼻出口夫《はなでくちお》編集長から、極秘で地獄和尚への依頼が来た。和尚は、「ワシは政界は嫌いじゃし、マスゴミも嫌いじゃ。」と答えた。しかし鼻出編集長の部下の不具和食田氏《ふぐわくいたし》が引き下がらない。和尚を連れて帰れなかったら、クビだという。母ちゃんと子供五人が路頭《ろとう》に迷うというのだ。このコロナ禍では再就職は苦しいという。「とにかく会うだけ会って、言いたい放題《ほうだい》言ってくれればよい」と言う。もう三日も探して、やっと三軒茶屋《さんげんぢゃや》の近くの公園で見つけたので、絶対に逃さないというのだ。車は来ているので、「晩飯《ばんめし》だけでも食べてくれ。」と言うのだ。

「仕方ない。」と和尚もシブシブ乗り込んだ。
不具和《ふぐわ》は、すぐに鼻出編集長に携帯《けいたい》で電話した。
不具和「和尚は、どこに住んでるかもわからんので、探すのが大変なんですよ。その丸い饅頭笠《まんじゅうがさ》だけを頼りに、『出そうな所』を駆けまわっていたのです。」
和尚「ワシはこの世に家を持っておらんのでなあ。」
不具和「いつも野宿《のじゅく》ですか。」
和尚「時々、親切な人が泊めてくれるし、メシをおごってくれることもある。」
不具和「今日は、総理もよく行くという『今好《いまよし》』でスキ焼きですよ。『殺生《せっしょう》』

はタブーですか。」
和尚「いやあー、『殺生』は職業柄、毎日やっとるが、牛はあまり食ったことがない。」
不具和「じゃあ、何の肉を。都合がつけば、注文しますが。豚ですか。羊ですか。」
和尚「ワシは人肉専門なんじゃが、もう食べあきてのお。」
不具和「ヒェー。それじゃ、編集長に殺された時には、私を食って下さい。『フグは食いたし、命は惜《お》しし』で、誰も私の肉など食いませんから。」
和尚「じゃあ、鼻出君と君の肉でスキ焼きと行こう。」
前で運転手が、ガタガタ震えている。

車は赤坂《あかさか》のホテルの目立たぬところに着いた。従業員が使うルートを使って、離れの和室に着いた。
鼻出「いやあ、有難うございます。」
和尚「機嫌をそこねても知らんぞ。ワシは、コンビニでスポーツ紙を立ち読みするぐらいじゃから、マスゴミのことは良く分からん。」
鼻出「コンビニにはよく行かれるんですか。」
和尚「夕方頃行くと、捨てる弁当をタダでくれるんでの。食費はタダじゃし、向こうは、御仏の使いにお布施《ふせ》するというので一挙両得《いっきょりょうとく》じゃよ。」
鼻出「それじゃ、お口に合わないかもしれませんが、『今好《いまよし》』のスキ焼きでもお食べ下さい。」

和尚「牛は仏の使いなんで食いにくいんじゃがのお。」
鼻出「単刀直入《たんとうちょくにゅう》に要件《ようけん》を伺《うかが》います。ここは、暗殺された、安徳総理《あんとくそうり》のお気に入りの部屋なんです。何か感じますでしょうか。」
和尚「お金の匂《にお》い。嘘の匂い。二枚舌の匂い。権力とは嫌なものよのお。」
不具和《ふぐわ》「仙台《せんだい》の牛タンにでもした方がよかったでしょうか。」
和尚「ワシはぜいたくはせん。」
ここで女中が入ってきて、スキ焼きの準備を始めた。
不具和「材料だけ置いておいてくれ。あとは秘書の私がやるから。」
女中「わかりました。」
不具和「内緒の話があるのでな。」

女中「お飲み物はどうしましょうか。」

不具和「お茶とビールを置いておいてくれ。ああ、坊さんは不飲酒《ふおんじゅ》かな。」

和尚「ワシのことは気にせんでよい。」

女中がフスマを閉めて出て行った。

鼻出編集長が、テーブルの上で、テープレコーダーのようなものにスイッチを入れた。

鼻出「実は、政界のうわさ話なんですが、暴漢に暗殺された安徳総理の幽霊を見た、という人が多いんですよ。」

和尚「そりゃ、突然死んだら、幽霊になって出る権利も基本的人権じゃ。」

鼻出「元・総理には、月刊『政界嘘話』では、独占インタビューも時々頂いていたもので、私も心配しているんです。いやあ、あの世を信じているわけではないんですが、私は否定しているわけでもない。政治家の葬儀《そうぎ》には、ずい分出ましたからね。」

不具和が、慣れぬ手つきながら、鍋でスキ焼きを作り始めている。

和尚「ワシに何を聞きたいんじゃ。」

鼻出「元・総理には、スポンサーにもなっていただいていたので、ウワサの真相が知りたくてね。もし不都合な現実があれば、地獄和尚に、ご供養《くよう》を願いたいんです。」

和尚「故人《こじん》は何も語らんよ。」

鼻出「それはそうでしょうけど。」

和尚「舌がないのでな。」

鼻出・不具和「ええっー。」

和尚「ワシの友人の閻魔大王《えんまだいおう》に先日聞いたら、赤鬼が、八十センチのペンチで舌を引っこ抜いたそうだ。」

鼻出「どういうことですか。」

和尚「いつものことさ。吉田茂《よしだしげる》、岸《きし》、海部《かいふ》、皆、舌を引っこ抜かれておるよ。国民にも御仏にも嘘をついたのさ。」

鼻出「どうにかなりませんか。」

和尚「因果応報《いんがおうほう》じゃ。あの世に還っても、嘘をつき通しておるでな。」

記事にはならなかった。

和尚はスキ焼きを食べずに辞去《じきょ》した。
冬空が寒かった。

## （八）

最高裁の前が何やらにぎやかである。デモ隊のようなものが出ているのだが、どうもお巡りさんも、あまりやる気が出ないようだ。

虹色の横断幕が出たり、プラカードを持った、男女混合の五十人ぐらいの人たちが騒《さわ》いでいる。どうやらテレビ局のカメラに映るのを、主たる目標としているらしい。何を主張しているのやらよく分からない。

「ＬＧＢＴＱ差別反対」のプラカードを持った女のような男のような長い髪の金髪の人物に、和尚が聞いた。

「一体、これは何の騒ぎなんじゃろうか。」

数人「権利です。平等です。自由です。」
和尚「君は男なのか、女なのか。」
金髪「そういう質問自体が、時代遅れ、時代錯誤《さくご》なんです。」
和尚「そりゃワシは、時代遅れじゃ。中国の宋《そう》の時代の服装じゃからのお。
ちゃんとふんどしも着用しとる。」
GパンX「お前なんか平等の敵だ。」
和尚は饅頭笠《まんじゅうがさ》を取った。ツルツルの頭が出て来た。
和尚「この頭は、時代遅れか。それとも、時代の最先端《さいせんたん》か。」
虹色TシャツY「すぐに男だって分かるじゃないか。」
和尚「尼さんも丸坊主じゃから、頭はツルツルじゃ。出家《しゅっけ》とはそういうもんじゃ。ワシらは男女とも頭はツルツルで、セックスなるものもせんのじゃ。これは時代遅れなのか、それとも時代を先取りしているのか。」

リーダーらしき人物「人間は憲法十四条にあるとおり、平等なんだ。だから、『婚姻は、両性の合意のみに基いて成立』するという条文は死文化《しぶんか》するべきなんだ。」

和尚「ということは、男同士、女同士の結婚を認めよ、という運動なのかな。」

リーダー「それは当然だ。坊さんは英語が弱そうだから説明してやるが、「LGBTQ」というのは、今、アメリカのヤバイデン大統領も後押しし、EUや日本にも行き渡って来ている権利なんだ。「L」はレズで、女同士の恋愛、「G」はゲイで、男同士のカップルを認めること、「B」はバイセクシャルで、男とも女ともヤル権利なんだ。「T」は、トランスジェンダーと言って、男から女へ移行中、あるいは、女から男への移行中の性だ。「Q」は、男女の選択が、よく判らないケースだ。」
和尚「君らの権利が認められると、ワシは尼さんと混浴《こんよく》しても良いということか。風呂屋の男湯、女湯は差別だということか。トイレの男用も、女用も差別なんだな。」
リーダー「少しだけ理解したようだな。」
和尚「風呂は、昔は、家族で交代で入《はい》っていたし、トイレは、男の小便以外は、大は男用と女の大小が兼用だったから、それは昔返りじゃろ。」

リーダー「何だか屁理屈《へりくつ》を言ってるようだが、これは最先端の権利なんだ。日本では、条例レベルや、地裁判決レベルでは差別の撤廃の運動が実りつつあるが、最高裁のジジイあたりを説得しなくちゃならんのだ。」

和尚「で、君は、男なのか、女なのか。」

リーダー「そんなのは、自分の心次第なんだ。昔は形成手術による性転換まで必要だったが、今はオチンポコがついていても、『自分は心が女だ』と言えば、スカートをはいて国公立の女子高や女子大に通えるんだ。どうだ、自由で平等な世の中の実現だろう。」

和尚「あいや、待たれよ。そうすると『セックス共産主義』のようなものだな。ところで君は、お父さんが産んだのかい、それともお母さんが産んだのかい。あるいは、試験管で、精子と卵子が混ぜられてできた、本当の親が分からぬ子なのかい。」
リーダー「そういう差別的考えが、性差別だと言ってるんだ。」
和尚「人間はな、魂としては、男に生まれたり、女に生まれたりする。人生計画にもよるし、家族計画にもよる。しかし、この世で男性だったか、女性だったかによって、死んでから、次の転生《てんしょう》まで、霊としては、男性、女性が分かれるんじゃよ。ごぞんじなかったかな。」
リーダー「坊さんは知らんだろうが、『実存主義』といって、人間は偶然にポイッとこの世に放り出されるんだ。その時、たまたま、男か女かによって、将来が差別されるのはおかしいだろう。」

和尚「いや、人間が偶然に、男か女に生まれることはない。あの世の役所で申請するんじゃ。男が男を好きになろうと、女が女を好きになろうと自由かもしれんが、それを『結婚』とは言えん。」
リーダー「糞坊主《くそぼうず》。さっさとあの世に還れ。」
和尚「いやいや、ワシはまだこの世で仕事があるでな。君たちを、あの世に行った姿に変えて進ぜよう。」
和尚はここで、錫杖をトントントンと三回ついた。最高裁の前の石段には、五十匹ぐらいの二メートル弱のミミズがのたうち回った。ミミズは雌雄《しゆう》同体なので、ＬＧＢＴＱの理想そのものだ。
最高裁前は騒然《そうぜん》となった。運動家たちの狙いどおり、たくさんのマスコミが取材に殺到した。

## （九）

五井商事《いついしょうじ》の長田優《ながたすぐる》社長は、最近体調がすぐれない。病院で調べても、はっきりとした医学的原因は分からない。ハーバード大経済学部卒で、日本の大手商社に入《はい》るのは、珍《めずら》しい。

奥さんの洋子さんが、港区《みなとく》の「最高社長夫人会」を主催《しゅさい》している。もともと港区は、十人に一人が社長というぐらい、社長族の山なのだが、それでは面白くないので、個人年収五千万円以上の社長で港区内に自宅を構えている者たちだけで、上流階級のつどいをやっているのである。洋子夫人も他の奥様族から尊敬されて鼻は高い。

「まあ、五井商事ったら、年商十数兆円もある、世界的大企業でしょう。それにご主人がハーバード大卒MBAなんて、夢のようだわ。うらやましい。」

というのが他の奥様方の大多数の声である。

主婦A「洋子夫人も東大の教養学部で国際関係論をご専攻になられて、ケンブリッジ大に留学中に、イギリスに出張していたご主人とお知り合いになったんですって。現代版のプリンス、プリンセス物語よね。これなら、世界のどこへ行っても、最上流階級と認められるわね。」

主婦B「ちょっとありえないわよね。さぞかし内助《ないじょ》の功《こう》がおありだったんでしょうね。ウチの主人なんか、「IT《アイティー》」で一発当てて、何とか個人年収五千万円以上の社長夫人会に入れてもらっているけど、初等部から大学までエスカレーターの青山学院《あおやまがくいん》なので、この会の敷居《しきい》が高くて高くて。」

主婦C「うちの主人なんて、一橋大《ひとつばしだい》の経済を落ちて、慶応《けいおう》経済に入って、大手テレビ局で役員までは出世したけど、あとは、『ABCエンタープライズ』っていう放送の下請け子会社の社長なの。たまたま、ヒット作が連発で、年収がやっと五千万キープできているところなの。長田《ながた》夫人みたいに、ティファニーの十カラットのダイヤの指輪をつけてみたいわ。」

大体まわりはこんな感じだ。

しかし長田夫人にも悩みがあった。海外勤務も何度かあったので、息子、娘の勉強のできが満足いかないのである。中学時代にアメリカにいた長男の和夫《かずお》は、少しコネも使って、開南《かいなん》高校に入れたものの、二浪しても東大に入れなかった。結局、上智《じょうち》の文学部に進学したが、これでは、父親の五井商事には入社は難しい。娘の浅子《あさこ》は、東京女子大の短大で、東大出の自分からみると、白鳥がアヒルの子を生んだようなものだ。

子供たちの学歴コンプレックスが、長田家でうす暗い闇を作っている。夫の五井商事の長田社長も、息子は高校の教師ぐらいかと思っていた。ところが、教職を取るには、しっかり単位を取らなくてはならないので、昼まで寝ている和夫には無理だった。結局、上智大を六年かかって卒業して、フリーのライターをしている。娘の浅子も、短大卒業後、音大を受け直したが、失敗して、夜な夜な、どこかの駅前で流しのギター歌手（自称《じしょう》）をやっている。

「あいみょん」みたいになるのだと本人は言っているのだが、可能性は一％もあるまい。先日など、六本木ヒルズの前で流していたところ、怪しげな超能力の坊さんにとがめられて、鹿のフンだらけになった。芸名は「美雪《みゆき》」というのだが、ユーチューバーとしても、ファンは三百人程度である。鹿のフンの山に埋《う》もれた動画だけがバズって、再生は二百万回を超えたと言っているが、五井商事の社員に知られたらどうなるか、考えていると、卒倒《そっとう》しそうになるが、医者は、血管や心臓には、特に問題はない、と言う。こんな最上級のセレブから、フリーターを二人も出してしまった。妻の洋子も、これだけはタブーで、二人とも海外に留学していることにしている。

この二人がクリスマスあけに一度家に帰ってくるというのだ。クリスマスと新年のお年玉を兼ねた、資金調達《ちょうたつ》であることは明らかだが、帰ってくるなとも言い難い。

そこで長田社長は、休日に例の怪僧をウチに呼んで説教してもらえと言うのだ。両親の言うことはもう聞かない。二人には家庭教師ものべ十数人つけたし、家庭教師自身が「赤本」を解いたり、代ゼミの講習会に出たが、成績はサッパリだった。「親の因果《いんが》が子に報《むく》い」かもしれないが、学歴自慢《がくれきじまん》が、今度は、長田家の弱点《じゃくてん》になってしまったのだ。

洋子は、秘書を何人か走り回らせて、地獄和尚を探し出して来た。五十万円という高額のお布施を申し出たが、和尚は受け取らない。「ソーメン」を一杯頂きたいというだけだ。

年末も近い日曜日、長男、長女とも帰って来たが、昼メシはソーメンだけと聞いて驚いた。そして客人として、坊さんが一人来るという。美雪《みゆき》いや浅子は、普通の格好をして、化粧をしていれば分かるまいと思っていた。

地獄和尚と家族四人のソーメン昼食会が始まった。大きなリビングの外には見事な庭がある。メイドがソーメンとお茶だけ出すのを恥ずかしそうにしている。

長田社長「長男は上智の文学部を出てフリーター、娘も、歌手を目指しているが、今のところファンもいないんです。この自宅も私一代で、相続のため物納《ぶつのう》することになるでしょう。大会社の社長をしてますが、近頃体調が悪くて、引退を考える日も多くなりました。」

長田夫人「タカがトビを生むこともあるんですね。主人はハーバード、私は東大なのに。」
長男「上智だって、今は一流大の一つだし、宮づかえせずに記事が自由に書けるっていいじゃないか。」
長女「アーティストって、会社の社長より上じゃない。」
和尚「ウムムム……ッ。」
社長「おおぜいの秘書や家庭教師も使ったのに、長男が五井商事にも入れないなんて残念です。」
夫人「息子、娘の出来の悪いのは、母親のせいにされますから、『社長夫人会』でいつバレるか、私も生きた心地がしません。」

和尚「あいや、待たれよ。ワシも大学は出ておらんし、フリーターみたいなもんじゃ。住む家さえ持ってない。そんなワシに、あなた方のような、上流階級の名士《めいし》が悩んでおると言われてもチッともピンと来ん。」

夫人「東大合格№1の開南《かいなん》高校を卒業して、東大に三回落ちて、六年かかって上智の文学部を出る際には、上場企業にどこも入社できないなんて、悲劇じゃありませんか。」

和尚「その分、お金も人手も使わず、東大に入った人が、三年で三人はいたんじゃろうから、彼らは幸福じゃろう。」

社長「娘は、一流女子大でも卒業していたら、五井商事のエリートと結婚させることもできたのに、今や路上ライブをやって馬《うま》の糞《ふん》をかけられる仕末《しまつ》です。」
浅子「鹿《しか》のフンです。」
和尚「ホホーッ。それはさぞご利益《りやく》があったことじゃろう。お釈迦様《しゃかさま》は、『鹿野苑《ろくやおん》』という鹿のたわむれている場所で、五人の弟子に最初の説法をしたでのお。これを『初転法輪《しょてんぽうりん》』というんじゃ。」
浅子「ええ、確かにご利益はありました。鹿のフンまみれの私は、二百万人以上の人に再生されて見られました。」
和尚「『鹿のフン美雪《みゆき》』と芸名をかえたら、当るかもしらん。」
夫人「『東大No.1高』から転落した長男はどうなんですか。」
和尚「諸行《しょぎょう》は無常《むじょう》じゃ。上がることばかりを考えると天狗《てんぐ》になる。人間は下《くだ》ることも学んだほうが賢くなる。両親とも謙虚になってよろしい。」

社長・夫人「そうきますか。」

浅子「面白い。坊さん、もっともっと教えて。」

和尚「さあ何から話そうかのお。」

## （十）

長田《ながた》家では、今日は、和尚の力を使って、お互いを反省させようと、肚《はら》の探り合いをしている。

長田夫人は、まだ和尚が、両親の味方《みかた》をするのか、子供たちの味方をするのかが読めない。謝礼の五十万円さえ、受け取ってくれておれば、親の味方だっただろうに。よりによって、「最高社長夫人会」の会長が、「そうめん」いや、和尚風に言えば、「ソーメン」だけで家族相談を頼んだと知られたら、格好《かっこう》がつかない。「ワシも大学も出ておらず、家も持たず、フリーターじゃ。」と言われては、息子・娘が小躍《こおど》りして喜びそうだ。

しかし、宝飾品強盗《ほうしょくひんごうとう》を黒焼きにしても、霞ヶ関《かすみがせき》の官僚を一瞬で炭にしてしまったり、ＬＧＢＴＱの団体五十人をお化けミミズに変えても、警察も手を出さないというではないか。警察庁長官も、警視総監も、時々、善悪について教えを乞《こ》うているらしいし、何しろ「生《い》き神様《がみさま》じゃ」とか、「日本のバットマンだ」とか週刊誌も怪事件で大喜びなのだ。個人相談など、できるのは、かなり難しいのだ。

長田夫人「今日のご趣旨《しゅし》、ご理解頂いてますか。」

和尚「ご長女の美雪さん、いや浅子さんを先日、鹿のフンの山に沈《しず》めたので、少しは気になってのお。大丈夫じゃったかのお。」

浅子「十五分後に、消防車が来てくれて、年末の大そうじ並みになりました。

写真誌にもスクープされて、私、プロの歌手になるチャンスなんじゃないかな。和尚さん、パパ、ママに何でもおねだりして、私を売り出すのを手伝ってよ。」

和尚「ワシは人を罰するのが仕事で、売り出すのが仕事ではない。」

長田夫人「それみなさい。本来あなたは黒こげになって、地獄に往くべきところを、両親の名誉を考えて、罪を百分の一にして下さったのよ。」

和夫「長男の僕もフリーターなんですが、和尚がデッカイ事件を起こす時に、事前に呼んでくれれば、『スパイダーマン』の専属カメラマンみたいになって、プロのライターにもなれそうです。パパに、黒のセルシオを買ってもらって、運転手を一人つけてもらった方が、もっともっとたくさんの仕事をこなせるんじゃないかな。」

和尚「そういうふうに、親の金や権力を使って出世《しゅっせ》しようとするのは、世間では、とても嫌われることなのじゃ。人は自分の実力を知り、自分の『分《ぶん》』を知っておらねばならぬ。」

長田社長「ご高見《こうけん》を承《うけたまわ》り、身に沁《し》む思いです。」

長田夫人「そうよ、こんな立派なパパ・ママから生まれて、そのていたらくは、地獄往《ゆ》きよ。今日、和尚に地獄に連れて行ってもらいなさい。」

和尚「まだ二人は若い。やりようもあるじゃろう。年末に実家に帰って来てくれるだけでも、まだ家族の絆《きずな》が残っているのじゃ。世間は必ずしもそうでもない。お互いに忍耐しつつ、自己改革をしていくべきじゃ。」

長田夫人「夫は全ての才能を開花させ、自己実現も完成しましたわ。五井商事の社長の上、何を望めばいいんですか。総理とかですか。」

和尚「五井商事が、たとえ世界的大企業でも、地獄の鬼は、釜の油の温度は一度も下げてはくれんでな。この世で成功した人間ほど、あの世では大変なことが多い。」

和夫「そうだ、そうだ、開南高校を卒業して、東大に三回落ちても総理になった人もいるぞ。」

和尚「ああ、それは、岸山《きしやま》総理の『鉄板《てっぱん》ネタ』と言われるものだと、コンビニのスポーツ紙で立ち読みしたことはある。人格が本当に良ければ、言うことはないが、政治家家系《せいじかかけい》でもあるし、本当の実力や人柄は見かけでは分からん。地獄の『鉄板《てっぱん》』の上では、鬼の鉄棒で、たたきつぶされて、お好み焼みたいになるので、まだ、まだ、決めつけてはいかん。」

長田夫人「主人も最近は調子も悪く、自重《じちょう》しているのですが、主人のように、一万人以上の社員のトップに立つ人間は、当然、天上界の菩薩《ぼさつ》以上になりますよね。何万人もの家族を食べさせたんですからね。」

和尚「ハーバードを出るのに、どれだけの人を蹴落《けお》としたか。社内の出世のために、どんな手を使い、どれだけの人を泣かせたかにもよる。同業他社や、社内の人たちから恨《うら》みを買っていれば、刀剣《とうけん》が逆さまに突き立っている針の山を鬼にせき立てられて歩かされることも、たくさんの嫉妬《しっと》を受けて、大焦熱《だいしょうねつ》地獄に往くこともある。こぼれ落ちて行った多くの人々の念波を受けて、擂《す》り鉢《ばち》地獄で、永遠に、蟻《あり》地獄のように逃れられなくて、鬼にすりつぶされることもある。」

長田夫人「主人には、勲《くん》二等は確実に出ると言われているんですよ。」

和尚「地獄は、名前や名誉のある人を丸裸にするところなんじゃ。」

長田夫人「じゃあ、東大を出て、ケンブリッジ大学で、経済学を学んだ私なんかは、文殊菩薩《もんじゅぼさつ》の仲間になるんでしょう。」

和尚「ごちそうになって答えに窮《きゅう》しておるが、お見うけしたところ、良くて日本の天狗《てんぐ》、悪ければ、孤独《こどく》地獄に堕《お》ちるじゃろう。そこには、誰もいない、深い井戸の底じゃ。誰もあんたの姿を見たくないし、声も聞きとうないんじゃ。」

長田夫人「日本のトップエリートの私たちが、地獄だとか、天狗だとか、信じられません。地獄に堕ちるのは二人の子供たちのはずです。そうでなければ、神仏は、公平でない。」

和尚「この二人には、私から、個別に説教するとしよう。ここら辺で失礼するか。」

長田夫人「やらとの羊かんだけでもお持ち帰りください。」

和尚「いらんよ。しかし子供たち二人にも言っておく。おまえさん方もこのままじゃ地獄じゃ。世《せ》田《た》谷《がや》公園で、今日はタダでパンを配る日じゃから、ワシはもう帰る。もし反省したければ、今週中に来なさい。個別にどんな地獄に往くか教えて進ぜよう。」

美雪（浅子）「先日、鹿のフン地獄に埋められたわ。」
和尚「それは、まだ序の口じゃ。」
和夫「じゃあ、僕も取材をかねて個人的に訪ねます。」
和尚「君らへの地獄談義は長くなりそうじゃから、家の中ではすまんじゃろう。おこずかいをあまりねだるんじゃないぞ。」
そう言うと、地獄和尚は、トコトコと歩いて、豪邸を出て行った。夕方がもう近づいている。少し寒さが厳しくなった。あの土管《どかん》の中で眠るとするか、そんなことを考えていた。

# （十一）

世田谷公園で、和尚が座禅していると、美雪《みゆき》（浅子《あさこ》）がやって来た。
美雪「イヨッ！　和尚。」
和尚「鹿のフンか。」
美雪「今日は割合《わりあい》、まともな格好してるでしょう。」
美雪は、緑色のハットを着て、金髪のロングながら、今度は、皮ジャン、皮スカート、ブーツを口紅《くちべに》色でそろえて着た。首には、イエローのマフラーを巻いている。見ようによっては、色白の安室《あむろ》ちゃんのようなスターに見えなくもない。もちろん、テレビを持っていない和尚が安室ちゃんを知ってるはずもない。
美雪「和尚は夏服も冬服も一緒かよ。」
和尚「そんなことはない。ワシも時々『ホカロン』をお布施《ふせ》で頂くことがある。小雪が散らつく時には、アレを張って、新聞紙をかぶって寝るとまるで天国のようじゃ。」
美雪「へぇー、『ホカロン』もお布施になるんだ。今日は、正月用の餅《もち》を二コ持って来たよ。一つは、白にコシアン、もう一つは、ツブアン入りの草餅。和尚はどっちが好きかな。」
和尚「ワシは草餅の方がええな。」
美雪「じゃあ、白い餅は美雪が食べてもいい？」

和尚「もちろんじゃ、そもそも、拙僧のものではない。」
美雪「今日は相談があってね。どうせ、アッシは地獄往《ゆ》きに決まっているんだから、和尚に教えてもらおうと思ってさ。学校じゃ、地獄のことなんて、全然、教えてくれなかったしさ。」
美雪は和尚と並んで座ると、紙パックのお茶を二人分出して来た。
美雪「時々、年寄りが餅をノドにつまらせて死ぬからさ。お茶ものみなよ。」
和尚「ああ、すまん、すまん。お前さんを黒焼きにしておかなくて良かったな。感謝、感謝じゃ。」
美雪「和尚の本当の年齢《とし》はいくつなの。」
和尚「二千五百年は、少なくとも、こんな仕事をしているが、その前を話せば長くなる。まあ、二千五百歳ということにしておこう。」
美雪「とすると、お釈迦様を知ってるの。バカにしたらすごく怒っていたけど。」
和尚「知っているもなにも、ワシがお釈迦様の地獄対策要員じゃ。現代の宗教ではボヤッと天上界と地獄界があると思っておるらしい。あの世を信じている人も、地獄は悪魔に支配されていると思っておる。キリスト教の浅い教えのせいじゃな。仏教では、仏弟子たちが、鬼どもを使って、地獄を支配しておる。つまり、地獄は天上界への予備校、トレーニングコースじゃ。」
美雪「フーン。すると、地獄もお釈迦様が支配してるっていうの。」

和尚「いやあー、人による支配ではのうて、仏法《ぶっぽう》による支配じゃ。仏法の善悪に基づく、因果《いんが》の理法《りほう》は何者にも、くつがえせん。宗教が違うからって、別の天上界と地獄界があるわけじゃない。キリスト教では、キリスト以前は、まとめて煉獄《れんごく》に行っていることになっているので、仏教徒も理屈上は煉獄にいることになる。キリスト教の煉獄は仏教では地獄に相当する。もちろん、国別、民族別の色彩の違いはあるがな。キリスト教でも、ダンテなる人が『神曲《しんきょく》』という古典で、(仏教のお釈迦様〔たぶん「煉獄」〕も、)イスラム教のムハンマド(マホメット)、アリーも、地獄の底で、頭を割られて、罪人みたいになっているように描かれているそうだが、とんでもないバチ当りじゃ。ほかの宗教は皆地獄往《ゆ》きでキリスト教以外では救われん、などと言っているから、この二千年、侵略と戦争に終わりがない。」
美雪「じゃあ、お釈迦様って、ズーッと偉いんだ。当然ダンテっていう人は、いったん地獄へ往《い》ったでしょうね。」
和尚「もちろんじゃ。逆さづりにして、油が煮たっている大釜で、何度も何度も天プラにされたさ。」
美雪「その後はどうなるの。」
和尚「鳥葬《ちょうそう》と言ってな。山の上に置いておくと、コンドルやワシ、タカが飛んで来て、目玉を食ったり、脳ミソを食ったりするのさ。内臓は山犬が食べに来るな。」
美雪「その後は。」

和尚「気がつけば、また、元の霊体に戻っていて、針の山を赤鬼に鉄棒をくらわされながら登り、もう一度、大釜の油の中さ。有名でも、悪い影響を後世に遺してはいかん。」

美雪「じゃあ、閻魔様《えんまさま》や赤鬼、青鬼たちも、仏様の世界の中の鬼コーチってことね。アッシはどうせ、何百人も男を食ったので、ズタズタにされた後、血の池地獄で遠泳させられて、その後は、犬《いぬ》コロ（ワン公）かなんかに生まれ変わって、地上で野犬狩り業者に撃ち殺されるのかな。」

和尚「いい勘していているな。ワシに会ってなければ、そんなところだろうよ。」

美雪「和尚さんの力で、運命は変えられないの。たとえば、血の池地獄はダサイから、バンパイア（吸血鬼）の巣に落とされて、美女のまま、次々と吸血鬼にキスをされて、白い首から血は吸われて死ぬ。また生き返って、吸血鬼に追いかけられるってのはどう。ちょっと、ヨーロピアンでロマンチックじゃない。ルーマニアあたりでもいいな。相手は、トム・クルーズかキアヌ・リーブスみたいなドラキュラでお願い。」

和尚「ワシは映画を観てないのでそんな外人はよく知らん。じゃが山姥《やまんば》に生まれて、人を食っていたところ、もっと大きな鬼に襲《おそ》われて、食われる地獄ぐらいなら、送ってやれんことはない。」

美雪「鬼はセクシーなの。セックスしてくれるの。」

和尚「バカを申せ。それなら、血の池地獄、針の山に逆戻りじゃ。まあ、地上時間で五百年経ったら、ワシを大声で呼ぶがよい。どうせ、人間には戻れんから、それこそ鹿にでも生まれ変わって、奈良公園でシカセンベイぐらい食べられる身分にしてやってくれ、とお釈迦様に頼んでやる。」

美雪「自分の体なのに自由セックスってそんなに罪なの。」

和尚「純潔《じゅんけつ》、純情、純粋な恋愛が大切じゃ。御仏から頂いた体だと思って大事にせねばならん。自由セックスを言う奴は、本当の恋愛を知らんのじゃ。愛とは何かが分からんのじゃ。」

美雪「たとえば、アッシが混浴風呂で和尚さんとセックスしたらどうなるの。」

和尚「地獄で鬼夜叉《おにやしゃ》にでもなるじゃろう。ワシは、百年ぐらいは血の池地獄の番人じゃろう。じゃが、ワシがお前にほれることはない。」

美雪「結構、罪は重いのか。ウチの社長の父ちゃんが、海外で外人女五百人ぐらいと遊んでいたらどうなる。」

和尚「ああいう人は閻魔様が総合判定されるだろう。心と行ないの両方から判定されるだろう。人類への貢献《こうけん》も加味してな。」

美雪は、「和尚さん、餅一個分だけ罪を軽くしてね。」と言って、公園の入口で、ライブをやり始めた。

少しだけ、地獄的な響きが減ったように思われた。

（著者注。ダンテもキリスト教世界に天国、煉獄《れんごく》、地獄を伝えたことは評価されているが、諸宗教への理解の狭さは問題だろう。和尚の意見のまま載せることとする。）

## （十二）

二、三日して、長田和夫《ながたかずお》、お兄ちゃんがやって来た。和尚がちょうど出かけようとしていた頃である。

和夫「先日はどうも。『鹿のフン地獄』について書いた記事がスポーツ紙に載《の》って、二万円ほど収入があったので、近所の喫茶店で、コーヒーでもおごってあげるよ。」

和夫は自転車を押しながら、世田谷公園から、三百メートルぐらいある店に和尚を連れて行った。アンティークを売るのが中心だが、一部では、喫茶店もやっていた。長田家の息子も、娘も、この世的にはフリーターかプータローであって、立派なご両親の頭痛《ずつう》の種だが、家柄を無視すれば、ちょっと人の良いところがある。

その喫茶店は、道路からのぞき込むように、石段を降りて入《はい》るようになっており、骨董品《こっとうひん》がやたら目につく。どうやらそちらが本業らしい。仏像も飾ってある。

和尚「なるほど、ワシが居ても違和感《いわかん》がないのう。いっそワシも、ゼンマイ仕掛《じか》けの坊さん人形として、骨董品として売ってもらおうかのう。」

和夫「和尚さん、面白い冗談《じょうだん》も言うんだね。ふだん飲めないだろうから、今日は、『ブルーマウンテン№1』というコーヒーを注文するよ。」

和尚「それは何じゃい。」

和夫「少し酸味とコクがあって、芳醇《ほうじゅん》な香りが、神経をホッコリさせるよ。たぶん一杯千二百円ぐらいはするだろうけどね。」

和尚「それは拙僧には、過ぎている。三百円ぐらいのはないのか。」

和夫「いいってことよ。取材費も入《はい》っているからね。地獄和尚は、今や、日本の誇るダークヒーローだからね。」

和尚「ダークヒーローって何じゃ。」

和夫「闇の中で、闇と戦っている、正義の英雄っていう意味だよ。きっと知らないだろうけど、日本のバットマン（こうもり男）だよ。」

和尚「まあ、とにかくいい意味なんじゃな。」

ここで目のクリクリっとしたポッチャリ型の女の子が、ブルーマウンテンを二杯持って来た。
ウェイトレス「ミルクとお砂糖《さとう》はどうしますか。」
和尚「任せる。」
和夫「二人分置いておいて。」
ウェイトレス「かしこまりました。こちらの方、面白いですね。ハロウィンもすぎたのに、正月の一休和尚《いっきゅうおしょう》さんみたいで。」
和尚「一休は、トンチ話が有名じゃが、実際には仏法の因果《いんが》の理法《りほう》を悟っておらんかったので、無間地獄《むけんじごく》に堕《お》ちておるわ。一緒《いっしょ》にしてくれるな。」
ウェイトレス「ほめたつもりだったのに。」
和夫「まあ、まあ。もっと偉いお坊さんだっていうことなんだよ。」

和尚「不愉快《ふゆかい》じゃ。日本人は一休をごかいしておる。禅問答の「スリカエ」を「悟り」と勘違《かんちが》いしておるのじゃ。しかし、コーヒー一杯千二百円っていうのは詐欺《さぎ》だな。弁当が何個か買える。」

和夫「和尚さん、コーヒーの代金だけじゃないんだよ。コーヒーだけなら、自動販売機《じどうはんばいき》で、百円ぐらいで売ってる。」

和尚「おう、コンビニでも、百円ぐらいで、ホットがセルフサービスである。」

和夫「喫茶店のコーヒーの値段は、場所代、時間代も入っているんだよ。たとえば、彼女をリッチにくどくには、自販機のカン・コーヒーというわけにはいかないでしょう。こういう外からは見えにくい喫茶店で、アンティークに囲まれながら、文学論など語りながら、それとなくお互いの心の内を探り合うのさ。」

和尚「君は、なかなかの兵法家《へいほうか》だのう。感心感心。」

和夫「和尚さんだって、こういう閑静《かんせい》な空間の中でなら、深い人生論が語れるわけ。」

和尚「君はフリーターと言っても、何か隠れた志《こころざし》があるようじゃな。」

和夫「僕は、お父さんのように、大企業の社長の器じゃない。その点、親不孝しているけど、ジャーナリストとしてプロの記事を書けるようになって、次に、独立して、作家になることを目指してるんだ。でも、両親に言っても、笑われるだけだから、今は、しんぼうしている。四畳半の安アパートで、ライターになる訓練中だ。」
和尚「すると、いつか、スポーツ紙に、長田和夫の名前で署名記事が出るというわけじゃな。」
ここで和夫は、やや複雑な自嘲的《じちょうてき》な笑いを見せた。
和夫「和尚さん、正直言って、ウチの家族どう思う？」
和尚「お父様も、お母様も、この世的には立派な人たちなんだろう。あえて言えば、貴族趣味《きぞくしゅみ》を出しすぎないようにして、他人を見下《みくだ》さないよう心がけることかな。美雪ちゃんは、カワイイところもある娘《こ》だが、信仰心をキチッと持たないと、色情地獄《しきじょうじごく》や、無頼漢《ぶらいかん》地獄、畜生道《ちくしょうどう》に行きそうじゃな。」
和夫「僕はどんな地獄に行きそう？」

和尚「親不孝《おやふこう》地獄か、怠惰《たいだ》地獄かな。」
和夫「えっ、そんな地獄あるの。」
和尚「あるとも、あるとも。現代はとても広がっている。親不孝の若者が八十%はいるだろう。閻魔様《えんまさま》も放置はできまい。怠惰地獄もあるよ。勤めるのがいやでね。フリーター、アルバイト、高等遊民《こうとうゆうみん》といろいろさ。コロナ時代になって、特に増えたな。」
和夫「具体的にはどんな地獄なの。」
和尚「たとえば、賽《さい》の河原《かわら》で、親が迎えにくるのを待っている子供たちの相手をしたり、畜生道に堕ちて、動物の子供に生まれたが、すぐに親が食い殺されてひもじい思いをする子供の動物とかを経験する。仏教の教育ルールはとても合理的じゃ。

怠惰地獄は、血の池、針の山もあるが、やっぱり一番は、食べ物がない餓鬼道《がきどう》だろう。「働かざる者食うべからず」を徹底的に教え込まれる。この世に人間として生まれる以上、働いてお金をかせがなければいかん。さもなくば、拙僧《せっそう》のように、出家求道《しゅっけぐどう》の道を歩むべきじゃ。生活は質素じゃが、お釈迦様の御教《みおし》えを広めるという仕事をしている。」

和夫「じゃあ、僕は、今後の努力次第《しだい》ですね。」

和尚「じゃが、ご両親への恩返し、感謝、社会への恩返し、国家、世界への恩返しを忘れてはいかん。」

和夫「僕も世界の貧困地帯《ひんこんちたい》をルポして、食糧難《しょくりょうなん》で苦しんでいる十億人近い人たちを助けたいんだ。幸い、海外生活の経験があるので、お役に立てるかもしれないね。」
和尚「それに、酒、マージャン、賭博《とばく》、麻薬、覚醒剤《かくせいざい》などに十分気をつけなさい。自制心のない人間は何をしても成功はしない。また、肉体をそまつに扱うな。ご両親のご苦労、仏から転生を認められた幸福を毎日感謝することじゃ。」
和夫「いつか、和尚さんの言行録《げんこうろく》を出版させてね。」
和尚「フッフッフ。ご縁《えん》があってよかったのう。」

## （十三）

地獄和尚が多摩川《たまがわ》でふんどしを洗っている。

土手の上に、イタリア製の赤い流線型《りゅうせんけい》の車が止まって、ドアが、鳥の羽根のように、外側に開いた。

「和尚、和尚」といって駆け降りて来たのは、赤いセーターにGパンをはいた女だった。

和尚「誰かと思うたら『鹿のフン』か。ワシは今、忙《いそが》しいんじゃや。」

美雪「忙しいったって、フンドシを洗っているだけじゃない。それに僧衣だって、川で洗ったって、乾かすところもないでしょ。私が後でクリーニングに出してあげるから。」
和尚「ホホーッ。あんたに、結婚適性が出て来たじゃないか。御仏《みほとけ》の慈悲《じひ》は、
宏大無辺《こうだいむへん》じゃのお。」
美雪「ンモーッ、和尚ったら。もっと大事な仕事があるでしょう。」
和尚「たとえば何じゃ。」
美雪「今、テロの情報が入ったのよ。正確には、テロがあるかもしれないという情報よ。」
和尚「それは警察の仕事じゃ。ワシには、今年の最後の洗濯《せんたく》の方が大事じゃ。」
美雪「コラッ！　糞坊主《くそぼうず》。替《か》えの僧衣一式《いっしき》ぐらい買ってやるから、人助けし

てっていってんの。」
和尚「おおっ、ずいぶんまともな発言じゃ。」
美雪「パパが年末のチャリティパーティに、『ホテル・ゼークラ』に出てるのよ。政財界のお偉方が八百人も参加しているの。でもパパの商社の情報筋から、北朝鮮系のテロ情報が入《はい》ったのよ。」
和尚「ホホーッ。商社は警察も経営しとるんかい。」
息を切らせながら、美雪は、
「商社の国際情報は、外務省より早くて的確なの。北朝鮮の漁船《ぎょせん》が、無人漂流《ひょうりゅう》していたから、調べてみたら、もう国内潜入していて、在日の人と密談していたことが分かったのよ。」

和尚「だから、それは警察に任したらよい。」

美雪「パパやママの命もかかっているのよ。パパは知り合いの川口警視総監に連絡したんだけど、警察のＳＰは弾《たま》よけになるぐらいで、ホテルのパーティ会場で大勢の人たちを巻き込んでの銃撃戦は経験がないらしいの。日本の警察官は、犯人がプロの殺し屋で、複数なら、民間人を何百人も盾《たて》に取られたら、どうしようもないというのよ。それもテレビの生中継が入っているので、大惨事《だいさんじ》になったら政変になるかも。」

和尚「ようしゃべるのお。この坊さん一人に一体何ができるというんじゃ。先日の餅一個のお礼がテロリストグループをどうにかしてくれということじゃな。」

土手を美雪と一緒に登った和尚であるが、また、車の上にヒョイッと飛び乗って、立った。饅頭笠《まんじゅうがさ》と錫杖《しゃくじょう》を持って、仁王《におう》立ちしている。錫杖には、洗ったばかりのふんどしが縛《しば》りつけてある。五月の鯉のぼりのように、風に吹かれて、到着までに乾かすつもりらしい。

美雪は「ムモーッ。」といいながら、ドアを閉めて、エンジンをスタートさせた。

美雪「道路標識やトンネル、木の枝なんかに注意しないと…。」

座高の低い車なので、和尚が上で仁王立ちしていても走行には困らないだろう。

白いふんどしをハタメカシながら、車は、三十分ぐらいで赤坂についた。

ホテルの正面で、美雪が、車を降りると、屋根の上で和尚がふんどしをしめ・・ているところだった。
和尚「これで完全正装《せいそう》じゃ。」
美雪「今日は、総理や財務大臣、民自党幹事長も来てるし、経団連《けいだんれん》の大物も来てるわ。お兄ちゃんが、「プレス」（報道）の腕章をして案内してくれるはずよ。」
和尚「君がこんなに親孝行とはな。驚いた。閻魔帳《えんまちょう》に追加して書いておかんといかんな。」
警官Ａ「今から参加ですか。」
美雪「もう連絡ははいっていると思いますが、五井商事社長の娘と、特別ゲストの地獄和尚です。」
警官B「伺《うかが》っております。クジャクの間です。」
兄の和夫が、いつの間にか同行している。
三人は後ろのドアから、そっと入った。
美雪「和尚、何か感じる？」
和尚「五人ぐらいはいるな。死神が来ているから、何人か死ぬじゃろう。」
和夫「お父さんのテーブルに連れて行きます。特別ゲストになっていますから。」
和尚「ワシは酒は飲めん。『不飲酒《ふおんじゅ》』じゃからのお。」
和夫「分かってます。ジュースも水もあります。」

メインゲストの岸山《きしやま》総理があいさつに立った。

私服警官が十数名配置されている。安徳《あんとく》総理暗殺の記憶が生々しいので、SPも神経が張りつめている。どうやら、コロナ不況で、倒産した会社の子弟の学費支援チャリティらしい。

総理が「私は東大に三度落ちたが、民自党の総裁選は、一回しか落ちてない。」という例の「鉄板《てっぱん》ネタ・・」をしゃべっている時、突然、ボーイの格好をした一人が、本物のナイフを総理に投げつけた。曲芸師《きょくげいし》のようなうまさだ。

SPの一人が、ジャンプして、ナイフを体で受けとめた。

会場は騒然となった。SPは血を流して倒れている。

メイドの一人が、スカートの下から拳銃を取り出すと、連続して四発撃《う》った。参加者の三人に弾が当った。

警備会社の人間と思われていた男が、シャンパンの栓《せん》を抜いて投げると、液体爆弾《えきたいばくだん》となって、会場中央で大きく燃え上がった。

五井商事の長田社長が、地獄和尚に、「出番です。」と告げた。

和尚は、

「あいや、待たれよ。」と大声を出した。

「北朝鮮のテロ部隊の方々、まずはワシが相手《あいて》じゃ。ワシを殺せるもんなら殺してみよ。」

五人ぐらいが、和尚に向けて、銃弾やナイフを飛ばした。

しかし、なぜか、銃弾もナイフも、空中で止まってしまった。

次は和尚が壇上《だんじょう》に飛び上がると、何とスーパーマンのように両眼から、赤い光線を発した。

五ヶ所から白煙が上がったものの、炭のカタマリができただけだった。

和尚「これから奴らを地獄に連れて行き、鬼たちの鉄棒をくらわすでな。」

和尚は風のように会場から姿を消した。

# （十四）

いよいよ、年の瀬《せ》となった。世間《せけん》では、会社が休みとなり、お店の年末から新年までの閉店《へいてん》の予定が張り出されている。所々《ところどころ》で、「年内一杯で閉店です。」という表示もある。

ここ広尾の有栖川公園《ありすがわこうえん》は、年中オープンなので助かる。地獄和尚は、年末年始をここで過ごそうと考えている。何せただでトイレも水も使えるのだ。近場のお店も夕刻になると、余り物をよく下さるのだ。とくに果物類《くだものるい》は、日持ちしないので、連休前にはたくさん手に入る。

今日は、さつまイモが二本手に入った。いい赤紫色をして、いかにもうまそうな太りかただ。

和尚は、白いボール紙のようなもので、あたりの落ち葉をかきよせて集めている。日が暮れたら、焼きイモを作って、大みそかの晩飯にしようと考えていたのだ。そのあとは、藤棚《ふじだな》があるところに、新聞紙を敷《し》いて今年の終わりを迎えるつもりなのだ。

向こうの小道《こみち》から、タバコを吸いながら近づいてくる灰色のコートを着た中年の男性の姿が見えた。

和尚「あいや、待たれよ、そこの御仁《ごじん》。」

男はビクッとした。タバコを吸っているのを坊さんからとがめられたと思ったのだ。

男「何か、和尚のお気に障《さわ》りましたか。」
和尚「落ち葉が多くてのお。そのタバコの吸いさしが火事にならんか心配じゃ。吸い殻《がら》は、拙僧《せっそう》が預かろう。」
男は大人しく半分吸ったタバコの残りを和尚に渡した。
男「何に使われるんですか。」
和尚「見て分からんか。これから火事にならんように落ち葉を集めて、焼きイモを作るところじゃ。おぬしも少し後学《こうがく》のために手伝いなさい。」
人のよさそうな小太《こぶと》りをした中年男は、近くの落ち葉を集めて山を作るのを手伝った。
和尚は、さつまイモを二本中ほどに入れると、かたわらにあった白いボール紙状のものにタバコの残り火を移した。めらめらと紙が燃《も》え始めた。
男はびっくりした。その紙は、警視総監《けいしそうかん》からの感謝状だ。先日の「ホテル・ゼークラ」で政財界人を護《まも》ったことへの感謝が、縷縷《るる》書いてある。宛先《あてさき》は、「地獄和尚」とある。
男「これはお見それしました。先生がご高名な地獄和尚でいらっしゃいますか。」
和尚「まーそーかのー。」
男「警視総監からの表彰状《ひょうしょうじょう》を、私のタバコの吸い殻で燃やされては困ります。」
和尚「黙っておればよい。」

男「いや、そういうことじゃなくて、もったいない。」
和尚「よく燃《も》えるでのお。」
男「私の名刺でも燃《も》やして下さい。」と言って自分の名刺を手渡した。
名刺には「産經《さんけい》新聞 東京本社 編集局 社会部 上村卓也《かみむらたくや》」と書いてある。
和尚「こんなちっちゃな名刺ではヤケドする。やっぱり賞状の方がよく燃えるな。」
上村「警視総監に申し訳ない。」
和尚「お前さんが謝ることじゃない。警視総監っていうてもワシの弟子なんでのう。焼きイモ用に紙を一枚くれただけじゃろう。それにしても、産經新聞というのがあるのかい。ワシはサンケイスポーツしか知らん。」

上村「今、『地獄の法』という本がベストセラーなので、地獄和尚が本当の著者なんではないかと業界ではうわさになっています。」

和尚「あれを書いておるのは、ワシの師匠《ししょう》じゃ。おっ、うまいこと落ち葉に火がついた。サンケイシンブンがあれば、もっとよかった。君、持っとらんのか。」

上村「あのー、私は販売所の者ではないもので。燃やすなら、朝日新聞の方を燃やして頂ければと。」

和尚「ワシは住所がないので、新聞はとっておらんのじゃ。」

上村「せっかくなので、独占取材をお願いします。」

和尚「タバコ代ぐらいならな。」

上村「来年の景気をどう見てますか。」

和尚「コロナがまた、はやって、死者が増えておるようじゃ。お前さんは増税論者だろうが、まだ二年間は、大恐慌《だいきょうこう》の危険がある。」

上村「理由はどの辺に。」

和尚「街を歩いていると、閉店が多くなってきた。お墓をつぶしてマンションばかり建てておる。お金はダブダブなのに円安だから、増税とダブルで民は貧しくなる。」

上村「でも、国防は大切ですから。」

和尚「北朝鮮と、中国と、ロシアの三ヶ国と同時に戦争をやるようなバカな外交をやるからじゃ。日本は食糧もエネルギーも資源も自給できん。」

上村「でも日米同盟は日本の生命線ですから、アメリカ、ＥＵと共同歩調をとる以外、日本に未来はありません。」

和尚「先日テロを防いだのは間違いじゃったかのお。総理が暗殺されとったら、アメリカのヤバイデン大統領は、『ノーモア広島《ひろしま》、ノーモア長崎《ながさき》』を言いに日本に来る必要もなかった。きゃつが、日本を戦場にするつもりか、それともアメリカ単独でも北朝鮮をタタクか見たかったもんじゃ。

ウクライナは、ヤバイデンの遊び道具に使われた。台湾《たいわん》、日本、韓国も危ないな。これ以上は、ワシの師匠《ししょう》に聞いてくれ。

おお、焼けとる焼けとる。焼きイモの匂《にお》いがして来た。」

上村「私どもの新聞は生き残れるでしょうか。」

和尚「『コロナ戦争、大恐慌《だいきょうこう》、核戦争』の三つを乗りきれたらな。」

上村「核戦争になったら、和尚はどうされますか。」

和尚「公園にもっと土管を増やしておいてくれ。」

上村「それは一体どういうことでしょうか。」

和尚「皆、家が焼けて公園に逃げてくる。ワシのねぐらもなくなるから、土管を増やしておいてくれ。」

上村「核シェルターを増やせということでしょうか。」

和尚「核シェルターに逃げる時間はない。北朝鮮、中国、ロシアから、各十《じゅっ》分《ぷん》で日本に核攻撃できる。逃げるひまはない。イモ畑を増やしておくとよい。モグラと一緒に生きるしかない。」

上村「その際は、この国をお救い下さいますか。」
和尚「今晩、焼きイモを食べながら、よく考えてみる。」
上村「国民の半分は紅白歌合戦を観ています。」
和尚「それが見納めにならんとよいのお。」

（十五）

正月をどう過ごそうかと和尚が思案《しあん》していると、麻布西小学校六年生の田《た》宮由美《みやゆみ》が有栖川公園《ありすがわこうえん》にやって来た。お下げ髪がかわいい。暖《あたた》かそうな、ベージュのセーターを着て、厚手《あつで》の生地《きじ》で深緑色のズボン、紅白のモザイクのマフラーをしている。もうすぐ六年生も終わりか。あの麻布十番《あざぶじゅうばん》の団子屋《だんごや》の娘だ。

由美「お母さんが、和尚さんを家《うち》に呼んで来なさいと言うの。去年はお世話になったし、お雑煮《ぞうに》でもどうですかって。」

和尚「それは助かる。正月の一日《ついたち》は、拙僧《せっそう》も行くところがないでの。神社に行くわけにもいかず、自分の寺も持っておらん。団子屋の雑煮はうまそうじゃ。」

二人は仲良く、麻布十番のお店の方へと歩いて行った。

由美「店は閉《しま》っているけど、これは正月だからよ。つぶれたんじゃないわ。和尚さんのおかげで、今年も仕事はできそう。お母さんが団子を作って、お姉ちゃんが手伝うことになったの。お父さんの病気も良くなってきているよ。」

和尚「それは何よりだ。」

団子屋の勝手口から、階段で二階に上がった。

お母さんの明子《あきこ》が出迎えた。お姉ちゃんの省子《しょうこ》も、ちょっと目の輝きが違

って来た。お父さんの正吉《しょうきち》が、正月三ヶ日だけ、仮退院《かりたいいん》している。都立・戸《と》
山田《やまだ》高校に通っているお兄ちゃんの太一《たいち》君も、うれしそうにしている。
和尚「みんなそろっておるのか。めでたいのお。」
一同「明けましておめでとうございます。」
正吉「去年は、一家《いっか》の危いところを和尚に助けられて、本当に感謝していま
す。」
省子「和尚が恐くてヤクザたちもわが家に寄りつかなくなったわ。本当に有
難う。」
太一「僕も西麻布学園をやめたのは残念だけど、大学は東大と早稲田《わせだ》を受け
てみるつもりなんだ。」

明子「うちは、『地獄和尚教』の信者よ。今日は、正月の餅《もち》もあるし、たんと召し上がれ。」
由美「和尚さん、私の隣りの部屋あいているから、いつでも泊りに来て。いくら和尚さんでも、冬場は寒いでしょう。」
和尚「ワシはふんどし・・・一丁《いっちょう》になって、公園の小滝《こだき》で滝行《たきぎょう》でもやろうかと思っとったところじゃから、寒さなんて何でもない。ダンボール箱を二つ、三つ、借りられたら、ワシにとっては、超豪華《ちょうごうか》マンションじゃよ。」
出されたのは、雑煮だけではなかった。和尚のために心を込《こ》めた御節《おせち》料理もあった。
和尚「いやっ、こんなごちそう食べてしまうと、糖尿病《とうにょうびょう》の乞食《こじき》みたいになってはいかん。省子ちゃんや太一君、由美ちゃんたちがしっかりと食べるとよい。」

二時間ほど、正月の団欒《だんらん》を和尚も愉《たの》しんだ。

帰り際《ぎわ》に、省子が、

「渋谷では本当にお世話になりました。友だちから聞いたんですが、彼らは、新宿歌舞伎町《かぶきちょう》、新大久保《しんおおくぼ》あたりで、別の組の者たちと組んで、また悪《あく》どいことをやってるらしいから、和尚さん、一度、見廻《みまわ》りに行ってね。」

と宿題をもらった。

和尚「正月明けにでも行っておくよ。」

と答えて、紙袋《かみぶくろ》に餅《もち》を何個かおみやげにもらって帰って行った。

正月四日、和尚の姿が歌舞伎町に現われた。

和尚はフムフムと言いながら、大体の地形と店の配置を見て廻《まわ》った。

「ヤツらが活動するのは夜だろうな。」

と独りごとを言って、地相から来る霊気《れいき》を確かめていった。夕方までは、新宿御苑《ぎょえん》の近くで、少し昼寝《ひるね》をした。入園料が惜しいので、時々、ホームレスがいるあたりだ。

夕刻、「諸行無常」の饅頭笠をかぶった地獄和尚の姿が歌舞伎町に再び現われた。怪しげな女の子たちが何人かたむろしている。少し距離をおいて、警官が二人立っていたが、特に何かするつもりはなさそうだ。一斉《いっせい》手入れの時とか、殺傷《さっしょう》事件でも起きなければ何もしないつもりだろう。歌舞伎町から新大久保にかけて、何百軒もの風俗店《ふうぞくてん》がある。しかし、それも新宿の繁栄の裏面でもあるので、警察は「一罰百戒《いちばつひゃっかい》」以外は、ヤクザが資金源を求めて、別の活動をやり始めるので、彼らのナワバリの店を把握《はあく》することで泳がせているのだ。

和尚は、パブ『ブギブギ』という細長いビル六階にある店に入《はい》って行った。中南米あたりからの不法移民の娘たちに、渡航費用のたてかえなどの名目で、貸しつけた金がいつの間にか、「利息制限法《りそくせいげんほう》」も知らぬ外国人の弱点につけ込まれ二千万にもなり、また、パスポートを巻き上げられて事実上の人身売買状態になっているのだ。

きらびやかなパブも、墨染《すみぞ》めの僧衣を着た坊さんに入って来られては、商売上がったりである。

たちまち奥から、四、五人のヤクザ風の男が出て来た。

男A「坊さん、何か用か。」

和尚「今夜は、ちょっと『エクササイズ』がやりとうなってな。」

男B「坊さん、一文なしでは遊べないよ。まず十万円ぐらい預っておこうか。」

和尚「この体でお返しする。」

男C「『LGBTQ』かよ。坊さんストリッパーで客が呼べるかな。それとも、・・・・フンドシでポールダンサーでもやってみるか。」

和尚「その程度では、見せ物としても面白くあるまい。」
男D「SMクラブもあるぞ。坊さんをフンドシ一つにして、綱《つな》でつり下げ、タルの水につけては、背中をムチ打つっていうのはどうだい。これなら十万円分ぐらいのショーにはなるかもな。」
男E「俺は、信仰心があふれてるからよ。もっと坊主を大切にしてやりたい。破戒僧《はかいそう》の罪って重いんだろう。うちの娘たちを、十人斬《じゅうにんぎ》り、『坊さんの、坊さんによる、坊さんのためのセックス動画』を作って、高額商品にするのはどうかな。お前さんは、たちまち、闇世界のスターだ。」
和尚「色々とやかましいな。パラグアイあたりの不法移民の娘たちを奴隷扱いしているっていうのは、この店が中心だろう。」

男A「借りた金は返さなくちゃね。皆、二〜三千万円の借金はあるんでね。」
和尚「それでは、『坊さんの、坊さんのための、倫理講座《りんりこうざ》』を始めるとするか。そちらのおネエさん方、動画を撮っておいた方がよいぞ。」
男Bが、なぐりかかった。元プロ・ボクサーくずれだろう。パンチは確かに、和尚の右の顔面をとらえたが、男の右腕が黒こげになって、ポロッと床《ゆか》に落ちた。
男Cが空手のような、後ろまわし蹴《げ》りを和尚にしかけた。男の足のカカトが触れるか、触れないうちに、右足が黒こげになって、付け根からポロッと落ちた。男Dが、シャンパンで和尚の頭をなぐろうとした。その瞬間、シャンパンがビンごと炎上した。

女の子たちのキャーッという声が上がった。まだ客は三〜四名しかいない。
男Dがとうとう、ピストルを抜いて、和尚に三発発射した。弾は金魚のように尾をふりながら、ゆっくりと空中を泳いだ。和尚は、手で払いのけた。
男A「もしや、うわさに聞く、地獄和尚でやんしょうか。」
和尚「そうだ。」
男A「まいりました。降参です。女の子たちの借金は帳消しにして解放します。助けて下さい。」
和尚「わかった。しかしこの店はつぶすからな。」
店の中の酒という酒が炎上して、残った従業員は、消火器で消して歩いた。
ふと気がつくと、もう和尚の姿はなかった。

# （十六）

千葉県の九十九里浜《くじゅうくりはま》に近い、ハッピー・サイエンス・ユニバーシティ（HSU）では、新春の最初の特別授業に、地獄和尚を呼ぼうということになった。

和尚もこれを承諾《しょうだく》し、階段教室で和尚の説法と質疑応答が行われることになった。

新しい宗教系の大学で、生徒や教員たちのヤル気がムンムン伝わってくる。

和尚の説法の全てを書くのは難しいが、要点だけでも伝えよう。

「人間はこの世限りの存在ではない。悪しき唯物論とは、断固《だんこ》戦いなさい。

この世の繁栄が全てではない。地獄に来る人は毎年増えており、この三次元の地上界にも、あの世を信じない不成仏霊《ふじょうぶつれい》が満ちあふれている。

諸行無常《しょぎょうむじょう》、諸法無我《しょほうむが》、涅槃寂静《ねはんじゃくじょう》の三法印《さんぼういん》の意味が今こそ、悟られなくてはならない。日本は今のままでは、無神論・唯物論の中国的な社会主義の国になりつつある。君たちが先頭《せんとう》に立って、仏法真理を広めねばならない。まず強くなれ。それには、足ることを知り、自制心《じせいしん》を持って生きることだ。自我《じが》我欲《がよく》の少ない人は、弱い人ではない。むしろ強い人なのだ。自らの楽しみのために青春を無駄《むだ》に過ごすなかれ。自分は、地獄に往《ゆ》く人々を反省させることを主たる仕事としているが、地獄に堕《お》ちている人間とは、基本的に「自己《じこ》中人間《ちゅうにんげん》」なんだ。「他人の幸福」や「他人への愛」を考えることの少なかった人々が堕ちる所なのだ。されば、自分を飾ることをやめ、世のため、人のために奉仕《ほうし》する人生を選べ。君たちが幸福になるために世界が奉仕するのではなく、世界を幸福にするために、君たちは奉仕せねばならない。そのためには、限りなく日々、自分を空《むな》しくしつつ、御仏《みほとけ》に仕えようと努力せよ。それが信仰心のある人間の生き方でもある。」

大体、こういう内容の話をされ、大拍手に包《つつ》まれた。その後、引き続き学生との質疑応答が行われた。

学生Ⓐ「和尚は、悪を退治《たいじ》する仕事に命を削《けず》っておられます。一方、仏教では、人間や動物、昆虫《こんちゅう》の命をも大事にせよという教えがあります。和尚の中では、この二つをどのように両立させておられるのでしょうか。」

和尚「ワシは、実は閻魔大王《えんまだいおう》と同じ使命を持っておる。しかし、この世では、地獄を信じる人々も少なくなったので、地獄和尚として姿を現わして、「悪を許さない」という御仏《みほとけ》の意志を代弁している。おそらく、悪党が、瞬間的に炭になったりすることの是非《ぜひ》を訊《たず》ねておるのじゃろうが、ワシは人の寿命を決め、極楽《ごくらく》に往くべきか、地獄に往くべきかを決める存在でもある。いわば仏の代理人として、諸国の閻魔大王を総括《そうかつ》しておる。この世でワシに炭にされた人間は、それ以上の悪事は止められ、その魂は、閻魔庁《えんまちょう》に引き渡される。そして執行官としての赤鬼・青鬼・黒鬼たちに反省行をやらせておる。君たちは、この世の生命《いのち》を生きながらえることのみを「善」と考える傾向があるが、大きな間違いである。仏法は、この世の法律をすり抜けた犯罪人をも裁き、「心と行ない」における悪事をも裁くものじゃ。」

学生Ⓑ「私たち学生にとっては、戒律《かいりつ》とか、自制心《じせいしん》とか言われてもピンと来ません。大学の単位さえしっかり取っておれば、彼女とデートしたり、合意のもとにセックスした方が、青春の充実感があって、真の幸福を味わえると思うんですが。」

和尚「ワシは少なくとも、仏陀《ぶっだ》の弟子になってから、二千五百年は、男女間のセックスも、同性間のセックスも、獣姦《じゅうかん》もやっておらん。それは、強い人間だけに許された法力を生むんじゃ。男女の関係は神聖なものだし、この世での魂修行を可能にする場を作ってくれることも、大事な仕事じゃ。しかし、男女関係で転落していった、数限りない、志《こころざし》のある青年たちを見る限り、自己欲を人類愛以上に優先させたものは、凡人か、凡人以下の人生となる。少なくとも、世の中に貢献できる仕事が確立できるまで、そして自己責任がとれるまで、自制心と克己心《こっきしん》を保つ努力をしなさい。弱々しい諸君の心は、簡単に悪霊《あくりょう》や悪魔《あくま》に侵入されることを知りなさい。悪をはね返す強さを持ちなさい。欧米民主主義国のリベラルの思想は、信仰心なき民主主義へと向かっていることを知りなさい。」

学生Ⓒ「この世で偉くなってはいけないのでしょうか。また、有名になったり、大金持ちになってはいけないのでしょうか。」

和尚「君の努力の結果、皆が君を認めて押し上げることもあるだろう。君は出世し、有名になり、大金持ちになることもあるだろう。そして成功者と呼ばれることもあるだろう。ただ、地獄には、総理大臣や国王、大将軍、歴史的な有名人がたくさんいることも事実じゃ。東大名誉教授でも鬼の鉄棒で頭を打ち砕かれておる。大金を持って、血の池地獄に沈んでいる者もおる。仏の御教えに照らし、「心と行ない」を誠実に点検しつつ、成熟していくことが大事じゃ。」

学生Ⓓ「『ノーモア広島』、『ノーモア長崎』は絶対的正義だと思いますか。また日本は再軍備化を急いでいますが、憲法九条に照らして、それは正義なのでしょうか。」

和尚「戦争はたいてい、阿鼻叫喚地獄《あびきょうかんじごく》、大阿鼻叫喚《だいあびきょうかん》地獄や、焦熱《しょうねつ》地獄を生み出すものじゃ。指導者も、無間《むけん》地獄に行ったり、大悪魔になって、独裁国家を創《つく》ったり、崩壊させたものも多い。これは如来界《にょらいかい》以上の世界計画とも連動するので、善悪の判定は容易ではない。ただ個人の犯罪とは違って、国家的犯罪か否かは、その後の世界がどう展開するかによる。アメリカの爆撃機で広島・長崎に原爆を落とした者は英雄扱いされておるが、北朝鮮、中国、ロシアなどが真似をしたら、英雄であり続けるかどうかは難しい。その答えを出すために救世主《きゅうせいしゅ》が出てくるのだよ。

君たちの国が仏法真理にかなっているなら護《まも》れ。

しかし、君たちの国が、悪を押しすすめる役割をしているのなら、歴史の中で破れ去り、幾千万の人々が地獄で苦しむことがあろう。

憲法九条が普遍《ふへん》の真理なら、国連加盟国の条件にするもよかろう。しかし、そのスキを突いて悪事を働く者を増長させるなら、憲法九条も「奴隷《どれい》条項《じょうこう》」となるだろう。

賢くありなさい。そして、憲法や法律も、人間が創ったものであるから、常に神仏の心、神仏の目を想像して点検しなさい。

日本の再軍備化とその増強が善か悪かは、ここ十年、二十年で答えが出るじゃろう。」

ここで和尚の質疑応答は終わった。和尚は熱心な学生数人は、地獄ツアーに連れて行ってやってもよいと約束した。希望者が多すぎるので、大学の方で、学生を絞ることになったそうである。

## （十七）

さて、『HSU』（ハッピー・サイエンス・ユニバーシティ）からは、「人間幸福学部」から野中君、「未来産業学部」から、山本さん、「経営成功学部」からは清水《しみず》君、「未来創造学部」からは、鈴木さんの四人が選抜された。本当に地獄和尚について地獄ツアーは可能なのか。無事生還《ぶじせいかん》したら各学部で、代表が報告することになった。各自《かくじ》スマホや携帯《けいたい》、高性能カメラなどを用意した。しかし、この世を離れた地獄でスマホが使えるかどうか。写真や動画が撮《と》れるかどうかは、誰も分からない。もし失敗すれば、口頭で報告するしかない。

地獄和尚は、この四人を連れて、新宿歌舞伎町に向かった。例の格好のままである。

和尚「千葉の九十九里浜には地獄はあるまい。やはり、この世で、最も近そうなところから行くとしよう。その方が成功率が高かろう。ホッホッホッ。」

和尚と学生四人は、いったん新宿駅東口の紀伊國屋《きのくにや》書店の前に集合した。この書店の本店で、五人は、『地獄の法』が山積みになっているのを確認した。

和尚「この本が飛ぶように売れるまで、諸君はしっかりと報告・報道はするんじゃぞ。この本は百万部は普通に売れるんじゃが、それではまだ、百人に一人も読んでいるとはいえない。ワシはこの本を読まんで死んだ人は、人生で一番の損をしたと思っておる。また同僚の閻魔大王《えんまだいおう》や、鬼たちの仕事を少し減らしてやりたいと思っている。君たちを人生の転落から救うための本でもある。」

紀伊國屋書店員「あっ！　地獄和尚だ。和尚、ぜひとも『地獄の法』に和尚のサインを書いて下さい。」

和尚「著者は、ワシの魂の親なんで、そんなさしでがましいことはできん。『小説　地獄和尚』というのが出るようだから、そちらの売上げで貢献《こうけん》しよう。しかし、写真を撮るのはよい。」

と言ったので、地獄和尚と学生四人の写真が撮られパネルになって書籍の上に飾られることになった。

和尚「君たち、万一、地獄から帰れんかったら、月に向かう前の宇宙飛行士のように、記念写真にその姿を残しておこう。」
全員「ヒェーッ。両親より先に死んでは申し訳ない。」
さて、和尚がスタスタとワラジで歩いていくので四人の学生もついて行った。歌舞伎町の中心あたりに出たので、和尚はフムフムと言っている。
和尚「じゃあ、この辺にするか。」
というと、十字路の中心あたりから、ボボーッと煙が吹き出して来た。硫黄《いおう》のガスが噴出《ふんしゅつ》して来たのだ。まぎれもなく、地獄の匂いだ。
和尚「全員、レッツ・ゴーじゃ。」
和尚と学生四人は、全員マンホール大の穴から飛び込んだ。二〜三百メートルは落ちた感じがした。彼らは、グニュッとした大地に降り立った。学生は全員興奮している。

未来産業学部の山本さんが、「これって、月に行くよりすごいことじゃない。」って、まず第一声を上げた。

人間幸福学部の野中君が、「左の方の東洋式建築が閻魔庁《えんまちょう》じゃないか。」と言い出した。

和尚が、「歌舞伎町出張所だろう。」と答えた。

石畳には、赤鬼、黒鬼、青鬼、黄鬼、白鬼たちが、二メートルをこえる身長で、百八十センチメートルぐらいの鉄棒を持っている。鉄棒は、野球のバットを大きくしたようなスタイルだが、先の太めのところにギザギザがたくさん入っている。手首のところで、いったん細くなっているが、鉄棒が手からすり抜けないように、バットのグリップのように、すべり止めのため手元がふくらんでいる。何十キロかはある、相当の重量感だ。

和尚は歌舞伎町の閻魔様に一礼した後、いったん門の外に出た。

近くには、「八芳園《はっぽうえん》」の池ぐらいの大きさの血の池があった。何百人かの罪人が、浮きつ沈みつ、アップアップ言っている。底は深くて足がつかないらしい。水は血液そのものよりも、やや粘着質《ねんちゃくしつ》である。男性と女性が真《ま》っ裸《ぱだか》ながら、全身、泥マッサージを受けたような姿となっている。ワインレッドの泥マッサージだ。真黒の闇ではなく、少し青みがかった空があり、罪人たちは、五メートル先ぐらいまでは見えるようだ。

和尚「性で道を踏み外した人間がここに来る。現代は多いのお。君たちも、まずご用心じゃ。まあ結局、肉体を自分自身と思い込んで、肉の快楽にふけった人々じゃ。人間の本質は魂であると悟り、相手を尊重した者はここには来ない。

それ、先日の最高裁前で巨大ミミズになったものも、そこに泳いでいる。ミミズの両端《りょうたん》には、人間の男の顔と女の顔が、別々にくっついている。両《りょう》性具有《せいぐゆう》も、なかなかつらそうじゃのお。」

経営成功学部の清水君が和尚に、血の池がある理由と、脱出の条件を質問した。

和尚「人間は血まみれではセックスもできんのさ。「画皮《がひ》」じゃよ。皮一枚の恋で人生を無駄にしてはならない。アップアップ泳いでいるのは、まだ、あれでも死にとうはないんじゃ。セックスか命かと問われたら、やっぱり命が大事なんじゃろう。子孫繁栄は動物としての使命でもあるが、『人間様』としては、やはりそれだけの気品や礼儀、尊厳はいるのでのう。よく探せば、ポルノ女優なんかもいるかもしれん。」

清水「どうやったら抜けられますか。」

和尚「自分の罪を反省できる人は一割もおらん。次の『畜生道《ちくしょうどう》』に行くのが、大体、五十年後ぐらいかのう。」

未来創造学部の鈴木さんが、「次の畜生道に行きましょう。」とせかした。

五十メートルぐらい離れた所に、鬼たちに追いたてられながら、罪人たちが、ちょっとしたサファリパークに集まっている。体は動物で、顔だけは人間という、例のスタイルだ。

なまけ者は、顔は人間で、体はロバのようだ。鬼たちにムチで打たれている。色欲が抜け切らない者は、顔は人間で、体は蛇のままだ。鬼に胴体を鉄棒でなぐられている者もいる。貪欲《どんよく》に生きた者は、顔は人間で、体は豚のようだ。鉄棒も竹のムチも使われている。嘘つきは、顔は人間、体は狐《きつね》だ。怒ってばかりいた人は、顔は人間、体は山犬《やまいぬ》のようだ。多少、犬や猫に似たものもいる。

彼らは、二〜三百年して、人間としての悟りに立ち戻れなければ、地上に動物として生まれ変わる。そして食用にされたり、殺されたりして、人間と動物の違いを知る。人間として生まれることの感謝が出てくると、魂の浄化《じょうか》が進んでくる。

学生たちは大罪人が、大釜で油や湯で煮《に》られるところも見た。また嘘つきの政治家や詐欺師《さぎし》が、八十センチもある鉄のペンチで舌を引っこ抜かれるところも見た。ある所では、まだ戦国時代のように、果てしない殺し合いが続いていた。阿修羅地獄《あしゅらじごく》というらしい。新宿らしいのは、やくざ者たちが、無《ぶ》頼漢《らいかん》地獄というところで、刃物や銃も使って、相手を死傷《ししょう》させている。金《かね》の亡者が、ひしゃくで、ドロドロの溶けた鉛を口に流し込まれるところも見た。

これ以外にも岩場登りや、鳥に体をつつかれる地獄もあった。

正月の餅のように、二匹の鬼に、キネでつかれる地獄もあった。

あと全体的には、焦熱系の地獄と寒冷系の地獄があった。学生たちは、ショックのあまり、写真や動画は撮れなくなった。

和尚「だから死ぬ前に『地獄の法』を読むべきだと言ったじゃろう。正しい宗教の伝道活動も大切じゃ。間違った宗教ならともかく、正しい宗教が『地獄に堕ちるぞ』と警告したことを、霊感商法扱いした、弁護士、国会議員、裁判官なども、大釜の油で煮られているだろう。

科学者で唯物論だけが真実だと広めた学者も、刀剣が逆さまに立っている針の山を鬼に追われながら、歩かされたり、体を電動ノコギリで切り刻まれている。だから人間として立派に生きることが大事じゃ。信仰心は、ダイヤモンドよりも大切なものなんじゃ。」

クラスメイトたちの顔を思い出しながら、何と説明すればよいか、学生たちは、「ウンウーン」と頭をヒネリ始めた。

いつの間にか、和尚は、学生たちを、新宿駅の前に連れてきていた。

和尚「まあ、しっかりやりなさい。」

学生たち「これは大変なことになった。」

「ＨＳＵ」で発行している『天使の梯子《はしご》』という新聞に彼らの体験談が連載されることになった。

# （十八）

広尾の街の人たちが、今年の冬は寒かろうと、有栖川公園《ありすがわこうえん》で年を越した地獄和尚に、お金を出し合って「土管《どかん》」を一本プレゼントした。和尚は大喜びだった。「これで雪が降っても、今年は大丈夫じゃわい。」と、土管をわが家のようになで回した。

「ほかのホームレスが嫉妬《しっと》するかもしれん。今年は、ふんどしをしめ直して、いい仕事をしなくてはならん。」

と真顔《まがお》で自分を引き締める和尚であった。

二、三日すると、近くの「31《サーティワン》」のアイスクリーム屋の兄《あん》ちゃんが、ころげるように和尚のところに駆《か》けて来た。
和尚「何か事件かのお。アイスクリーム一本持ち逃げされたぐらいじゃ、相手を黒こげにするのは、ちょっと気の毒じゃが。」
兄《あん》ちゃん「和尚大変です。北朝鮮が去年に続いて今年もミサイルを発射しました。今回は日本海への威嚇《いかく》実験ではなく、東京に飛んできます。」
和尚「自衛隊や、米軍がどうにかするじゃろう。ワシへの出動要請《しゅつどうようせい》はない。」
兄ちゃん「それが、高度一〇〇キロメートルぐらいまで上がって、あと二十分ぐらいで、港区周辺に着弾するらしいです。どうも大陸間弾道弾《たいりくかんだんどうだん》（ICBM）らしくて、東京都心を狙ったのは初めてではないか、と言ってます。あるワイドショーでは、先日の北朝鮮テロリストを全滅させられたので、地獄和尚個人への挑戦かもしれないと言ってます。私たちの不注意で、土管をプレゼントしてしまい、和尚の住所を知られてしまったのがミスでした。」

和尚「じゃが、自衛隊の『パック3《スリー》』で迎撃できるじゃろう。」

兄ちゃん「それが、警察の公安筋によれば、二〜三日前から東京都内の在日朝鮮人の人々への極秘の郊外脱出《こうがいだっしゅつ》指示が出ているそうなので、核ミサイルの可能性が濃厚で、地下鉄等に逃げるように、テレビが呼びかけています。『パック3』で、たとえ迎撃できても、東京都内が放射線《ほうしゃせん》を浴びるのは確実だそうです。」

和尚「要するに、ワシへの報復《ほうふく》核ミサイルだということじゃな。一体何発撃

　ったのかね。」
兄ちゃん「今のところ大型のＩＣＢＭ一本だけですが、死者予想百万人、負傷者五百万人、火災等の被害は計測不能だとのことです。」
和尚「その被害からみると反撃の必要がある。政府の反撃用長距離ミサイルは、もうできたのか。」
兄ちゃん「よくは存じませんが、たぶん五年から七年はかかると思います。アメリカからのミサイル五百発購入も五年後になっています。」
和尚「どうしてすぐ買わん。」
兄ちゃん「防衛増税してもよいかどうか、衆議院を解散して民意を問わねばならないそうです。」

和尚「幸福実現党が、二〇〇九年から国防を訴えとったのに、政府とマスコミが意地悪したツケじゃ。ワシは土管が一本あれば、核爆発と、放射能汚《ほうしゃのうお》染《せん》は防げるでな。」

兄ちゃん「和尚、私らは死ななくちゃいけませんか。」

和尚「総理大臣はどうしている。」

兄ちゃん「天皇陛下と総理大臣は緊急で地下シェルターに避難されたご様子です。」

和尚「要するに『民《たみ》だけ百万人死ね』ということじゃな。」

兄ちゃん「まあそういうことかと。」

和尚「首相は少なくとも、ワシに出動要請すべきじゃったな。」

和尚は「ヨッコラショ」と立ち上がり、右足の先で、土管の端《はし》を踏むと、土管が直立した。

和尚「そいじゃ、ちょっくら迎撃に行ってくるで。」

和尚は、土管を持ち上げると、バキューンと猛速度で東京上空に飛び上がり、北朝鮮方向に飛んで行った。テレビ局のヘリコプターや、自衛隊、米軍のヘリコプターがこの映像をとらえた。

米CNNは、「日本が全長十メートルぐらいの迎撃ミサイル一本を打ち上げた模様です。」と伝えた。

フジテレビが「いいえ、謎の飛行物体（UFO）とフライイングヒューマノイド（空飛ぶ人間）のように思われます。」と報道した。

レーダーを見ていた米軍、自衛隊、韓国軍、そして北朝鮮軍も、日本が反撃のミサイルを射《う》ったものとして扱った。

和尚がかかえた土管は猛スピードで日本海上空に出た。敵ミサイルの落下速度は、マッハ10は超えると聞いているので、何としても、落下直前に、土管をＩＣＢＭの弾頭に当てる必要がある。

和尚は何と上空百キロ、佐渡ヶ島《さどがしま》のはるか上方で、ＩＣＢＭを見つけた。

和尚の自慢の饅頭笠は風でスッ飛んでしまった。

和尚「昔、人間魚雷とか、神風特攻隊《かみかぜとっこうたい》とかがあったが、『土管和尚』の神風特攻は史上初じゃのお。」

和尚の土管は、無事、北朝鮮のＩＣＢＭに命中した。やはりＩＣＢＭは、核兵器を積んでいたらしい。日本海上空で、約八十年ぶりにみる核爆発が起きた。その光景は、遠くからも、撮影された。

世界には、「日本が秘密兵器を既に開発していた。」と報道された。政府は否定も肯定もしなかった。国民の誰一人に知られることなく、地獄和尚は去って行った。

日本海で、空母型護衛艦「いずも」がヘリコプターを飛ばし、海上の『諸行無常』と書いてある編笠の残骸《ざんがい》らしきものをみつけた。

日本国民は、ついに真実を知らされなかった。ただ北朝鮮は、日本の秘密兵器の精度を怖れて、当分ミサイル発射はしなかった。

海上自衛隊の一部の有志が、佐渡ヶ島に、後年、地獄和尚の像を建てたらしい。

（おわり）

# あとがき・解説

私としては、初めて、日本のダークヒーローを書いてみた。『地獄の法』刊行を機に、関連本、また、解説本としての小説『地獄和尚』である。

地獄和尚は、日本のバットマンのようであり、スーパーマンのようでもある。しかし、深い人間性を持ちつつ、徹底した人類愛を持った方であることも判る。

仏陀の説かれた仏法真理を、地獄界全体をも統括する真理の網としようとしている。その意味で、個別の人間の罪の裁判をする閻魔大王《えんまだいおう》をもしのぐ権限と使命を持っているといえる。

しかし、最後に、日本を救う救世主の一面をも見せ、オスカー・ワイルドの『幸福の王子』さえ思わせる、「本来無一物《ほんらいむいちもつ》」の精神をいかんなく、発揮している。

指導霊、支援霊は明確にはいない。私自身の気持の一部なのかもしれない。

二〇二三年　一月一日

幸福《こうふく》の科学《かがく》グループ創始者兼総裁《そうししゃけんそうさい》　大川隆法《おおかわりゅうほう》

## 『小説　地獄和尚』関連書籍

『地獄の法』（大川隆法 著　幸福の科学出版刊）
『地獄に堕ちた場合の心得』（同右）
『地獄の方程式』（同右）
『江戸の三大閻魔大王の霊言』（同右）
『色情地獄論――草津の赤鬼の霊言――』（同右）
『色情地獄論②――草津の赤鬼　戦慄の警告――』（同右）

**小説《しょうせつ》　地獄和尚《じごくおしょう》**

2023年１月19日　初版第１刷

著　者　　大《おお》　川《かわ》　隆《りゅう》　法《ほう》

発行所　　幸福の科学出版株式会社

〒107-0052 東京都港区赤坂２丁目10番８号
TEL(03)5573-7700
https://www.irhpress.co.jp/

印刷・製本　株式会社 研文社

落丁・乱丁本はおとりかえいたします

ISBN978-4-8233-0406-4 C0093
装丁・イラスト・写真©幸福の科学

## 大川隆法ベストセラーズ・地獄界の真実

# 江戸の
# 三大閻魔《えんま》大王の霊言

「あの世の裁判官」の真実に迫る

あなたも何年後か何十年後かに、あの世で会う可能性がある!? 死後の行き先を決める〝怖い霊存在〟の正体と、そのお裁きの実態に迫る。

1,540円

---

# 色情地獄論
# 色情地獄論②

これは昔話ではない! 現代人の多くが行く「色情地獄」の実態とは――。地獄の執行官・草津の赤鬼が、現代の誤った常識による乱れた男女観をぶった斬る!

各1,540円

---

# 地獄の方程式

こう考えたらあなたも真夏の幽霊

どういう考え方を持っていると、死後、地獄に堕ちてしまうのか。その「心の法則」が明らかに。「知らなかった」では済まされない、霊的世界の真実。

1,650円

---

# 地獄に堕ちた場合の心得

「あの世」に還る前に知っておくべき智慧

身近に潜む、地獄へ通じる考え方とは? 地獄に堕ちないため、また、万一、地獄に堕ちたときの「救いの命綱」となる一冊。〈付録〉中村元・渡辺照宏の霊言

1,650円

---

幸福の科学出版

## 大川隆法ベストセラーズ・死んでから困らないために

# 復活の法

### 未来を、この手に

死後の世界を豊富な具体例で明らかにし、天国に還るための生き方を説く。ガンや生活習慣病、ぼけを防ぐ、心と体の健康法も示される。

1,980円

---

# 新しい霊界入門

### 人は死んだらどんな体験をする？

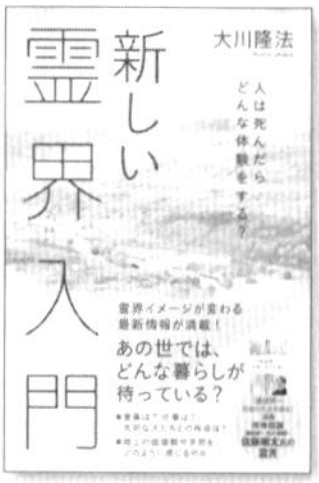


あの世の生活って、どんなもの？ すべての人に知ってほしい、最先端の霊界情報が満載の一書。渡部昇一氏の恩師・佐藤順太氏の霊言を同時収録。

1,650円

---

# 永遠の生命の世界

### 人は死んだらどうなるか

死は、永遠の別れではない。死後の魂の行き先、脳死と臓器移植の問題、先祖供養のあり方など、あの世の世界の秘密が明かされた書。

1,650円

---

# あなたは死んだらどうなるか？

### あの世への旅立ちとほんとうの終活

「老い」「病気」「死後の旅立ち」――。地獄に行かないために、生前から実践すべき「天国に還るための方法」とは。知っておきたいあの世の真実。

1,650円

---

※表示価格は税込10%です。

## 大川隆法ベストセラーズ・最新刊

1,540円

### 人生への言葉

幸福をつかむ叡智がやさしい言葉で綴られた書き下ろし箴言集。「真に賢い人物」に成長できる、あなたの心を照らす100のメッセージ。

---

### 仕事への言葉

あなたを真の成功へと導く仕事の極意が示された書き下ろし箴言集。ビジネスや経営を通して心豊かに繁栄するための100のヒントがここに。

1,540円

---

1,540円

### 人格をつくる言葉

人生の真実を短い言葉に凝縮し、あなたを宗教的悟りへと導く、書き下ろし箴言集第3巻。愛の器を広げ、真に魅力ある人となるための100カ条の指針。

## 大川隆法ベストセラーズ・大川隆法の文学に出合う

### 新感覚スピリチュアル小説

書き下ろし小説『小説　十字架の女』シリーズ。謎の連続殺人事件、混迷する世界、新しい未来、そして、はるかなる時空を超えて──。一人の「聖女《シスター》」の数奇なる運命を描いた新感覚スピリチュアル小説となっています。

2022年 年間ベストセラー

小説　十字架の女①〈神秘編〉

小説　十字架の女②〈復活編〉

小説　十字架の女③〈宇宙編〉

各1,760円

### 心を惹きつける物語

スリルとサスペンスに満ちた、私たちを未体験の領域へと誘う『小説揺らぎ』と、めくるめく神秘の世界へと誘われる10の物語が展開された『小説　地球万華鏡』。〝信じられない〟ような数多くの真実が隠された書き下ろし小説です。

小説　揺らぎ

小説　地球万華鏡

各1,540円

※表示価格は税込10%です。

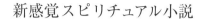

## 大川隆法ベストセラーズ・小説　鏡川竜二シリーズ

田舎の普通の少年「鏡川竜二《かがみかわりゅうじ》」が成長していく「心の軌跡」を描いた書き下ろし小説。「努力」の言葉を胸に、自分自身を成長させていく幼少期から小学生時代。心の奥底に「大志」を秘めて、青年へと脱皮していく中高時代。大学受験の試練に苦悩しつつも天命に向けて歩みを進めていく、古都京都での日々。心の内面を深め、大志に向けて思想を練っていく東大教養学部時代。そして、専門学部への進学から霊的覚醒へ──。さらに外伝では、竜二を励まし続けた謎の美女の秘密が明かされています。

小説　竹の子の時代

小説　若竹の時代

小説　永遠の京都

小説　内面への道

小説　遥かなる異邦人

シリーズ外伝

小説　とっちめてやらなくちゃ

各1,540円

幸福の科学出版

# 幸福の科学グループのご案内

**宗教、教育、政治、出版などの活動を通じて、地球的ユートピアの実現を目指しています。**

## 幸福の科学

一九八六年に立宗。信仰の対象は、地球系霊団の最高大霊、主エル・カンターレ。世界百六十八カ国以上の国々に信者を持ち、全人類救済という尊い使命のもと、信者は、「愛」と「悟り」と「ユートピア建設」の教えの実践、伝道に励んでいます。

（二〇二三年一月現在）

### 愛

幸福の科学の「愛」とは、与える愛です。これは、仏教の慈悲《じひ》や布施《ふせ》の精神と同じことです。信者は、仏法真理をお伝えすることを通して、多くの方に幸福な人生を送っていただくための活動に励んでいます。

### 悟り

「悟り」とは、自らが仏の子であることを知るということです。教学《きょうがく》や精神統一によって心を磨き、智慧《ちえ》を得て悩みを解決すると共に、天使・菩薩《ぼさつ》の境地を目指し、より多くの人を救える力を身につけていきます。

### ユートピア建設

私たち人間は、地上に理想世界を建設するという尊い使命を持って生まれてきています。社会の悪を押しとどめ、善を推し進めるために、信者はさまざまな活動に積極的に参加しています。

国内外の世界で貧困や災害、心の病で苦しんでいる人々に対しては、現地メンバーや支援団体と連携して、物心両面にわたり、あらゆる手段で手を差し伸べています。

年間約２万人の自殺者を減らすため、全国各地で街頭キャンペーンを展開しています。

公式サイト **www.withyou-hs.net**

**自殺防止相談窓口**

受付時間　火～土:10～18時（祝日を含む）

TEL **03-5573-7707** メール **withyou-hs@happy-science.org**

ヘレン・ケラーを理想として活動する、ハンディキャップを持つ方とボランティアの会です。視聴覚障害者、肢体不自由な方々に仏法真理を学んでいただくための、さまざまなサポートをしています。

公式サイト **www.helen-hs.net**

## 入会のご案内

幸福の科学では、大川隆法総裁が説く仏法真理《ぶっぽうしんり》をもとに、「どうすれば幸福になれるのか、また、他の人を幸福にできるのか」を学び、実践しています。

入会

### 仏法真理を学んでみたい方へ

大川隆法総裁の教えを信じ、学ぼうとする方なら、どなたでも入会できます。入会された方には、『入会版「正心法語《しょうしんほうご》」』が授与されます。

入会ご希望の方はネットからも入会申し込みができます。

**happy-science.jp/joinus**

三帰《さんき》誓願《せいがん》

### 信仰をさらに深めたい方へ

仏弟子としてさらに信仰を深めたい方は、仏《ぶっ》・法《ぼう》・僧《そう》の三宝《さんぽう》への帰依を誓う「三帰誓願式」を受けることができます。三帰誓願者には、『仏説・正心法語』『祈願文《きがんもん》①』『祈願文②』『エル・カンターレへの祈り』が授与されます。

幸福の科学 サービスセンター
TEL 03-5793-1727
受付時間/
火～金:10～20時
土・日祝:10～18時
（月曜を除く）

幸福の科学 公式サイト
happy-science.jp

## 仏法真理塾「サクセスNo.1」

全国に本校・拠点・支部校を展開する、幸福の科学による信仰教育の機関です。小学生・中学生・高校生を対象に、信仰教育・徳育にウエイトを置きつつ、将来、社会人として活躍するための学力養成にも力を注いでいます。

TEL 03-5750-0751(東京本校)

## エンゼルプランV

東京本校を中心に、全国に支部教室を展開。信仰をもとに幼児の心を豊かに育む情操教育を行い、子どもの個性を伸ばして天使に育てます。

TEL 03-5750-0757(東京本校)

## エンゼル精舎

乳幼児が対象の、託児型の宗教教育施設。エル・カンターレ信仰をもとに、「皆、光の子だと信じられる子」を育みます。
(※参拝施設ではありません)

## 不登校児支援スクール「ネバー・マインド」

TEL 03-5750-1741

心の面からのアプローチを重視して、不登校の子供たちを支援しています。

## ユー・アー・エンゼル!(あなたは天使!)運動

障害児の不安や悩みに取り組み、ご両親を励まし、勇気づける、障害児支援のボランティア運動を展開しています。

一般社団法人 ユー・アー・エンゼル
TEL 03-6426-7797

## NPO活動支援

学校からのいじめ追放を目指し、さまざまな社会提言をしています。また、各地でのシンポジウムや学校への啓発ポスター掲示等に取り組む一般財団法人「いじめから子供を守ろうネットワーク」を支援しています。

公式サイト mamoro.org　ブログ blog.mamoro.org
相談窓口 TEL.03-5544-8989

## 百歳まで生きる会～いくつになっても生涯現役～

「百歳まで生きる会」は、生涯現役人生を掲げ、友達づくり、生きがいづくりを通じ、一人ひとりの幸福と、世界のユートピア化のために、全国各地で友達の輪を広げ、地域や社会に幸福を広げていく活動を続けているシニア層(55歳以上)の集まりです。

【サービスセンター】TEL 03-5793-1727

## シニア・プラン21

「生涯現役人生」を目指すための「百歳まで生きる会」の研修部門として、活動しています。心を見つめ、新しき人生の再出発、社会貢献を目指しています。

【サービスセンター】TEL 03-5793-1727

# 幸福実現党

幸福実現党 釈量子サイト
**shaku-ryoko.net**
Twitter **釈量子@shakuryoko**で検索

内憂外患《ないゆうがいかん》の国難に立ち向かうべく、2009年5月に幸福実現党を立党しました。創立者である大川隆法党総裁の精神的指導のもと、宗教だけでは解決できない問題に取り組み、幸福を具体化するための力になっています。

## 幸福実現党 党員募集中

あなたも幸福を実現する政治に参画しませんか。

＊申込書は、下記、幸福実現党公式サイトでダウンロードできます。
住所：〒107-0052　東京都港区赤坂2-10-8 6階 幸福実現党本部
TEL **03-6441-0754**　FAX **03-6441-0764**
公式サイト **hr-party.jp**

# HS政経塾

大川隆法総裁によって創設された、「未来の日本を背負う、政界・財界で活躍するエリート養成のための社会人教育機関」です。既成の学問を超えた仏法真理を学ぶ「人生の大学院」として、理想国家建設に貢献する人材を輩出するために、2010年に開塾しました。現在、多数の市議会議員が全国各地で活躍しています。

TEL **03-6277-6029**
公式サイト **hs-seikei.happy-science.jp**

出版 メディア 芸能文化　幸福の科学グループ

# 幸福の科学出版

大川隆法総裁の仏法真理の書を中心に、ビジネス、自己啓発、小説など、さまざまなジャンルの書籍・雑誌を出版しています。他にも、映画事業、文学・学術発展のための振興事業、テレビ・ラジオ番組の提供など、幸福の科学文化を広げる事業を行っています。

アー・ユー・ハッピー?
**are-you-happy.com**

ザ・リバティ
**the-liberty.com**

幸福の科学出版
TEL **03-5573-7700**
公式サイト **irhpress.co.jp**

THE FACT
**ザ・ファクト**
マスコミが報道しない「事実」を世界に伝えるネット・オピニオン番組

YouTubeにて
随時好評
配信中!

ザ・ファクト　検索

NEW STAR PRODUCTION

# ニュースター・プロダクション

「新時代の美」を創造する芸能プロダクションです。多くの方々に良き感化を与えられるような魅力あふれるタレントを世に送り出すべく、日々、活動しています。 公式サイト **newstarpro.co.jp**

ARI Production

# ARI《アリ》 Production《プロダクション》

タレント一人ひとりの個性や魅力を引き出し、「新時代を創造するエンターテインメント」をコンセプトに、世の中に精神的価値のある作品を提供していく芸能プロダクションです。 公式サイト **aripro.co.jp**

# 大川隆法　講演会のご案内

大川隆法総裁の講演会が全国各地で開催されています。講演のなかでは、毎回、「世界教師」としての立場から、幸福な人生を生きるための心の教えをはじめ、世界各地で起きている宗教対立、紛争、国際政治や経済といった時事問題に対する指針など、日本と世界がさらなる繁栄の未来を実現するための道筋が示されています。

022 年 7 月 7 日 さいたまスーパーアリーナ
甘い人生観の打破」

2019年7月5日 福岡国際センター
「人生に自信を持て」

2019年10月6日 ザ ウェスティン ハーバー キャッスル トロント（カナダ）
「The Reason We Are Here」

2011 年3月6日 カラチャクラ広場（インド）
「The Real Buddha and New Hope」

2019年3月3日 グランド ハイアット 台北（台湾）
「愛は憎しみを超えて」

講演会には、どなたでもご参加いただけます。
最新の講演会の開催情報はこちらへ。 ⟹

大川隆法総裁公式サイト
https://ryuho-okawa.org